“俄罗斯文学译丛”系

“金色俄罗斯丛书”平装版

# 我记得那美妙的一瞬

## ——普希金诗选

*Я помню чудное мгновение*

*А.С.Пушкин Стихотворения*

[俄] 普希金 / 著

汪剑钊 / 译



四川人民出版社

**图书在版编目（CIP）数据**

我记得那美妙的一瞬：普希金诗选 /（俄罗斯）普希金著；汪剑钊译. —成都：四川人民出版社，2021.8

（俄罗斯文学译丛）

ISBN 978－7－220－12306－1

Ⅰ.①我…　Ⅱ.①普…　②汪…　Ⅲ.①诗集－俄罗斯－近代　Ⅳ.①I512.24

中国版本图书馆 CIP 数据核字（2021）第 105627 号

WO JIDE NAMEIMIAODE YISHUN　PUXIJIN SHIXUAN

**我记得那美妙的一瞬：普希金诗选**

（俄）普希金　著　汪剑钊　译

| | |
|---|---|
| 策划组稿 | 黄立新　张春晓 |
| 责任编辑 | 张春晓 |
| 装帧设计 | 张迪茗 |
| 责任印制 | 祝　健 |
| 出版发行 | 四川人民出版社（成都槐树街 2 号） |
| 网　　址 | http://www.scpph.com |
| E-mail | scrmcbs@sina.com |
| 新浪微博 | @四川人民出版社 |
| 微信公众号 | 四川人民出版社 |
| 发行部业务电话 | （028）86259624　86259453 |
| 防盗版举报电话 | （028）86259624 |
| 照　　排 | 四川胜翔数码印务设计有限公司 |
| 印　　刷 | 自贡市华华广告印务有限公司 |
| 成品尺寸 | 140mm×203mm |
| 印　　张 | 17 |
| 字　　数 | 340 千 |
| 版　　次 | 2021 年 8 月第 1 版 |
| 印　　次 | 2021 年 8 月第 1 次印刷 |
| 书　　号 | ISBN 978－7－220－12306－1 |
| 定　　价 | 89.80 元 |

金色俄罗斯

Золотая Россия

致敬“金色俄罗斯丛书”译介团队，感谢所有参与者为传播俄罗斯文学、增进中俄两国人民文化交流而做的努力！

汪剑钊 丛书主编，北京外国语大学外国文学研究所教授，博士生导师。

张建华 北京外国语大学教授，博士生导师。

张　冰 北京师范大学俄语系教授，博士生导师。

赵晓彬 哈尔滨师范大学斯拉夫语学院副院长，教授，博士生导师。

杨玉波 哈尔滨师范大学斯拉夫语学院副教授，文学博士。

郑艳红 中国社会科学院文学博士，绥化学院外国语系教师。

张　猛 北京外国语大学外国文学研究所博士。

李　莉 北京师范大学文学博士，杭州师范大学教授。

顾宏哲 辽宁大学俄语系副教授，硕士生导师。

赵艳秋 复旦大学俄语系副主任，文学博士。

侯玮红 中国社会科学院外国文学研究所俄罗斯文学研究室主任，文学博士。

池济敏　四川大学外国语学院副院长，副教授，文学博士。

飞　白　云南大学外语系教授，浙江省比较文学与外国文学学会名誉会长。

黄　玫　北京外国语大学俄语学院教授，博士生导师。

杨晓笛　北京外国语大学博士，太原理工大学教师。

李玉萍　洛阳理工学院外国语学院教师，文学博士。

王立业　北京外国语大学俄语学院教授，博士生导师。

邱　鑫　黑龙江大学俄语学院文学博士。

郭靖媛　北京大学世界文学研究所博士。

薛冉冉　浙江大学外语学院副教授，博士。

温玉霞　西安外国语大学俄语学院教授，博士生导师。

潘月琴　北京外国语大学俄语学院副教授，博士。

余　翔　北京外国语大学外国文学研究所博士。

李春雨　厦门大学外文学院助理教授、博士。

董树丛　山东文艺出版社编辑，文学硕士。

冯昭玙　浙江大学外文系教授。

杜　健　北京师范大学俄语语言文学专业博士。

韩宇琪　北京师范大学俄语语言文学专业博士。

徐　琪　厦门大学外文学院教授，文学博士

徐曼琳　四川外国语大学俄语系教授，文学博士。

欢迎更多的译者加入“金色俄罗斯丛书”……

（按译作出版时间排序。）

四川人民出版社　文学出版中心

# 金色的“林中空地”（总序）

汪剑钊

2014年2月7日至23日，第二十二届冬奥会在俄罗斯的索契落下帷幕，但其中一些场景却不断在我的脑海回旋。我不是一个体育迷，也无意对其中的各项赛事评头论足。不过，这次冬奥会的开幕式与闭幕式上出色的文艺表演给我留下了深刻的印象，迄今仍然为之感叹不已。它们印证了一个民族对自身文化由衷的热爱和自觉的传承。前后两场典仪上所蕴含的丰厚的人文精髓是不能不让所有观者为之瞩目的。它们再次证明，俄罗斯人之所以能在世界上赢得足够的尊重，并不是凭借自己的快马与军刀，也不是凭借强大的海军或空军，更不是凭借所谓的先进核武器和航母，而是凭借他们在文化和科技上的卓越贡献。正是这些劳动成果擦亮了世界人民的眼睛，引燃了人们眸子里的惊奇。我们知道，武力带给人们的只有恐惧，而文化却值得给予永远的珍爱与敬重。

众所周知，《战争与和平》是俄罗斯文学的巨擘托尔斯泰所著的一部史诗性小说。小说的开篇便是沙皇的宫廷女官安娜·帕夫洛夫娜家的舞会，这是介绍叙事艺术时经常被提到的一个经典性例子。借助这段描写，托尔斯泰以他的天才之笔将小说中的重要人物一一拈出，为以后的宏大叙事嵌入了一根强劲的楔子。2014 年 2 月 7 日晚，该届冬奥会开幕式的表演以芭蕾舞的形式再现了这一场景，令我们重温了“战争”前夜的“和平”魅力（我觉得，就一定程度上说，体育竞技堪称是一种和平方式的模拟性战争）。有意思的是，在各国健儿经过数十天的激烈争夺以后，2 月 23 日，闭幕式让体育与文化有了再一次的亲密拥抱。总导演康斯坦丁·恩斯特希望“挑选一些对于世界有影响力的俄罗斯文化，那也是世界文化遗产的一部分”。于是，他请出了在俄罗斯文学史上引以为傲的一部分重量级人物：伴随拉赫玛尼诺夫第二钢琴协奏曲的演奏，普希金、果戈理、屠格涅夫、托尔斯泰、陀思妥耶夫斯基、契诃夫、马雅可夫斯基、阿赫玛托娃、茨维塔耶娃、布尔加科夫、索尔仁尼琴、布罗茨基等经典作家和诗人在冰层上一一复活，与现代人进行了一场超越时空的精神对话。他们留下的文化遗产像雪片似的飘入了每个人的内心，滋润着后来者的灵魂。

美裔英国诗人 T. S. 艾略特在《诗的作用和批评的作用》一文中说：“一个不再关心其文学传承的民族就会变得野蛮；一个民族如果停止了生产文学，它的思想和感受力就会止步不前。一个民族的诗歌代表了它的意识的最高点，代表了它最强大的力量，也代表了它最为纤细敏锐的感受力。”在世界各民族中，俄罗斯堪称最为关心自己“文学传承”的一个民族，而它辽阔的地理特征则为自己的文学生态提供了一大片培植经典的金色的“林中空地”。迄今，在这片土地上生根发芽并长成参天大树的作家与作品已不计其数。除上述提及的文学巨匠以外，19世纪的茹科夫斯基、巴拉廷斯基、莱蒙托夫、丘特切夫、别林斯基、赫尔岑、费特等，20世纪的高尔基、勃洛克、安德烈耶夫、什克洛夫斯基、普宁、索洛古勃、吉皮乌斯、苔菲、阿尔志跋绥夫、列米佐夫、什梅廖夫、波普拉夫斯基、哈尔姆斯等，均以自己的创造性劳动进入了经典的行列，向世界展示了俄罗斯奇异的美与力量。

中国与俄罗斯是两个巨人式的邻国，相似的文化传统、相似的历史沿革、相似的地理特征、相似的社会结构和民族特性，为它们的交往搭建了一个开阔的平台。早在1932年，鲁迅先生就为这种友谊写下一篇“贺词”——《祝中俄文字之交》，指出中国新文学所受的“启发”，将其看作自己的“导师”和“朋友”。20世纪50年代，由于意识形态的接近，中国与俄国在文化交流上曾出现过一个“蜜月期”，在那个特定的时代，俄罗斯文学几乎就是外国文学的一个代名词。俄罗斯文学史上的一些名著，如《叶甫盖尼·奥涅金》《死魂灵》《贵族之家》《猎人笔记》《战争与和平》《复活》《罪与罚》《第六病室》《丽人吟》《日瓦戈医生》《安魂曲》《没有主人公的叙事诗》《静静的顿河》《带星星的火车票》《林中水滴》《金蔷薇》和《钢铁是怎样炼成的》等，都曾经是坊间耳熟能详的书名，有不少读者甚至能大段大段背诵其中精彩的章节。在一定程度上，我们可以说，翻译成中文的俄罗斯文学作品已构成了中国新文学的一个重要组成部分，成为现代汉语中的经典文本，就像已广为流传的歌曲《莫斯科郊外的晚上》《三套车》《喀秋莎》《山楂树》等一样，后者似乎已理所当然地成为中国的民歌。迄今，它们仍在闪烁金子般的光芒。

不过，作为一座富矿，俄罗斯文学在中文中所显露的仅是冰山一角，大量的宝藏仍在我们有限的视域之外。其中，赫尔岑的人性，丘特切夫的智慧，费特的唯美，洛赫维茨卡娅的激情，索洛古勃与阿尔志跋绥夫在绝望中的希望，苔菲与阿维尔琴科的幽默，什克洛夫斯基的精致，波普拉夫斯基的超现实，哈尔姆斯的怪诞，等等，大多还停留在文学史上的地图式导游。为此，作为某种传承，也是出自传播和介绍的责任，我们编选和翻译了这套“金色俄罗斯丛书”，其目的是进一步挖掘那些依然静卧在俄罗斯文化沃土中的金锭。可以说，被选入本丛书的均是经过了淘洗和淬炼的经典文本，它们都配得上“金色”的荣誉。

行文至此，我们有必要就“经典”的概念略做一点说明。在汉语中，“经典”一词最早出现于《汉书·孙宝传》：“周公上圣，召公大贤。尚犹有不相说，著于经典，两不相损。”汉朝是华夏民族展示凝聚力的重要朝代，当时的统治者不仅实现了政治上的统一，而且也希望在文化上设立标杆与范型，亟盼对前代思想交流上的混乱与文化积累上的泥沙俱下状态进行一番清理与厘定。客观地说，它取得了一定的成效，虽说也因此带来了“罢黜百家”的重大弊端。就文学而言，此前通称的“诗三百”也恰恰在那时完成了经典化的过程，被确定为后世一直崇奉的《诗经》。关于“经典”的含义，唐代的刘知幾在《史通·叙事》中有过一个初步的解释：“自圣贤述作，是曰经典。”这里，他将圣人与前贤的文字著述纳入经典的范畴，实际是一种互证的做法。因为，历史上那些圣人贤达恰恰是因为他们杰出的言说才获得自己的荣名的。

那么，从现代的角度来看，什么是经典呢？商务印书馆出版的《现代汉语词典》给出了这样的释义：1. 指传统的具有权威性的著作：博览经典。2. 泛指各宗教宣扬教义的根本性著作。不同于词典的抽象与枯涩，意大利著名作家卡尔维诺归纳出了十四条非常感性的定义，其中最为人称道的是其中两条：其一，一部经典作品是一本每次重读都像初读那样带来发现的书；一部经典作品是一本即使我们初读也好像是在重温的书。其二，经典作品是一些产生某种特殊影响的书，它们要么自己以遗忘的方式给我们的想象力打下印记，要么乔装成个人或集体的无意识隐藏在深层记忆中。参照上述定义，我们觉得，经典就是经受住了历史与时间的考验而得以流传的文化结晶，表现为文字或其他传媒方式，在某个领域或范围具有一定的权威性和典范性，可以成为某个民族、甚或整个人类的精神生产的象征与标识。换一个说法，每一部经典都是对时间之流逝的一次成功阻击。经典的诞生与存在可以让时间静止下来，打开又一扇大门，带你进入崭新的世界，为虚幻的人生提供另一种真实。

或许，我们所面临的时代确实如卡尔维诺所说："读经典作品似乎与我们的生活步调不一致，我们的生活步调无法忍受把大段大段的时间或空间让给人本主义者的悠闲；也与我们文化中的精英主义不一致，这种精英主义永远也制定不出一份经典作品的目录来配合我们的时代。"那么，正如沙漠对水的渴望一样，在漠视经典的时代，我们还是要高举经典的大纛，并且以卡尔维诺的另一段话镌刻其上：“现在可以做的，就是让我们每个人都发明我们理想的经典藏书室；而我想说，其中一半应该包括我们读过并对我们有所裨益的书，另一些应该是我们打算读并假设对我们有所裨益的书。我们还应该把一部分空间让给意外之书和偶然发现之书。”

愿“金色俄罗斯”能走进你的藏书室，走进你的精神生活，走进你的内心！

# 译 序

汪剑钊

1981年秋天，在毫无任何心理准备的情况下，我被杭州大学录取为俄罗斯语言文学专业的学生。至今，我仍能清楚地记得当初收到通知书时内心那份愕然与酸楚。于是，我几乎是完全“被动”地开始面对此前完全陌生的一个个西里尔字母，懵懵懂懂地走进了十七岁以前连做梦都不曾进入的世界。事后我想，大概冥冥中真有命运那么一回事，它以这样一种特殊的方式，借助生活本身，略带“磨难地”让我去贴近了沉重的俄罗斯文学，贴近了（包括普希金在内的）忧郁的俄罗斯诗人。

进入大学以后，我并没有放弃自己的诗人梦，在进行大量的诗歌“练习”的同时，逐渐发现了“我的普希金”，以及其后的“我的勃洛克”、“我的吉皮乌斯”和整个“白银时代”的诗歌，最终喜爱上了俄罗斯文学。这种喜爱部分来自于老师们课堂上的介绍，但更多的是通过我自己如饥似渴地课外阅读。我永远无法忘怀第一次阅读《致凯恩》时所感受到的那种美妙的刺激，“我忆起了那美妙的一瞬：我初次看见你的倩影，那如倏忽的昙花之一现，有如纯净的美底精灵”（如果我的记忆无误的话，那应当是查良铮先生的译笔）；我也同样无法忘怀第一次阅读《叶甫盖尼·奥涅金》时的体验，当我读到达吉雅娜给奥涅金的那封信时，我深深地为恋爱中的少女那真挚与谦卑、大胆与期待、羞涩与执着所混合的表白所打动，“结束了！重读一遍都害怕……我害羞和恐惧得不得了……可是你的名誉是我的保障，我大胆地把自己信托给它……”几乎每一次诵读，伴随这个结尾的便会是我夺眶而出的泪水。而每一次从迷醉中醒来，我随即就会清楚地知道，隐藏在作品背后实际打动我的是浪漫而多情的诗人普希金。是的，普希金，一个有着黄金质地的姓氏，一个有着大炮（普希金这个姓氏在俄文中的词根就是大炮）轰鸣似的音响的姓氏。

1799 年 6 月 6 日（俄历 5 月 26 日），亚历山大·谢尔盖耶维奇·普希金生于莫斯科一个世袭贵族家庭。父亲是一名退伍的近卫军军官，热爱法国文化，有很高的文学造诣；母亲的祖父是著名的“彼得大帝的黑孩子”汉尼拔，原是非洲一位酋长的儿子，后被彼得大帝收为养子，并被派往法国学习，他在工程和数学方面很有天赋，并在作战中屡建奇功，因此被册封为贵族。对母亲家族的这段传奇历史，普希金颇为自豪，曾多次在自己的作品中加以叙述和描绘。1811 年，普希金进入皇村学校学习。这是一所新开办的贵族学校，办学者的初衷是为沙皇培养政治人才，但当时恰逢斯彼兰斯基的改革，学校聘用了不少进步的教师，因而带有较多的自由主义色彩。他在这里正式开始了自己的诗歌活动，并以一首《皇村回忆》赢得了整个俄罗斯诗坛的瞩目。皇村学校毕业以后，普希金进入外交部任职，在一种闲散的生活状态中，普希金开始了更加勤奋的写作。在短短的二十年时间里，他的天才在各种文体里都得到了展示，除了让他名满天下的抒情诗、叙事诗以外，他在小说、戏剧、文论等领域都有出色的表现，为其后的俄国文学做出了奠基性的贡献。

毋庸置疑，在俄罗斯文化发展史上，亚历山大·谢尔盖耶维奇·普希金是一个绝对无法绕开的现象。许多研究者认为，正是普希金的出现，不仅使纯正的俄罗斯民族文学得到了确立，而且使俄罗斯语言也获得了标准，如果说此前的罗蒙诺索夫在理论上为俄语阐明了方向的话，那么可以说，普希金的文学实践使这一理论得到真正的贯彻和完善，他“一个人完成了两项在其他国家需要一个世纪甚至一个世纪以上才能做到的工作”。正如别林斯基在《一八四〇年的俄国文学》中所称：“正是从普希金开始，才有了俄罗斯文学”，他认为，由于普希金的出现，使俄罗斯文化与欧洲文化之间的交流发生了一个跳跃性的变化，“这已经不是介绍俄国认识欧洲，而是介绍欧洲认识俄国了”。或许正是上述原因，普希金赢得了“俄罗斯文学之父”的美誉，而他生活的年代也被后世看作俄罗斯文学的“黄金时代”。或许是天妒英才的缘故，在诗人的才华尚未完全施展的时候，发生了一个悲剧性的事件：1837 年 2 月 8 日（俄历 1 月 27 日），他在与法国流亡贵族丹特斯的决斗中受了重伤，两天后不治身亡。关于他逝世的消息，新闻界作了如是报道：“俄罗斯诗歌的太阳陨落了”。

在普希金身后，有关他的评论文章和研究专著无以计数，真称得上汗牛充栋。这里，我们不妨摘引一段别林斯基对他的诗歌所做的评价："在它里面，古风的优美，严峻的朴素，跟浪漫主义诗歌摇曳生姿的迷人跃动融而为一；在它里面，华美的音响，俄国语言的全部力量，淋漓尽致地显现了出来，它像波涛的隆隆声一样柔和、甜蜜、徐缓；像树胶一样缠绵、浓郁；像闪电一样明亮；像水晶一样透明、纯净；像春天一样芬芳、迷醉；像战士挥舞的宝剑一样坚强、有力。在它里面，有诱人的无法形容的娇媚和柔美，有耀眼欲醉的光彩，隽永圆润的情致，语言与音韵无比丰富的旋律和和声，有创作幻想与诗情表达的无穷喜悦，无穷魅力。"他继续说道，如果要用一句话来概括普希金的诗的特点，那么可以说，"这主要是一种诗情的、美术性的、艺术性的诗句"，而理解了这一点，也就"抓住了普希金诗歌激情的全部秘密"。这位同时代的批评家的论述主要是针对俄国读者发表的，我想，它们也同样适合我们中国的读者。

在中国，普希金不仅是被译介得最多的俄国作家之一，而且也称得上是知名度最高的西方诗人，在"中俄文字之交"中起过极其重要的作用，甚至有论者认为，"说他的创作已经融入了中国新文学创作的血脉，一点不过"。实际情况也是如此。早在 1908 年，鲁迅以令飞为笔名发表了《摩罗诗力说》，文章重点介绍了八位欧洲浪漫主义诗人，其中便有普希金，"俄自有普式庚（即普希金），文界始独立，故文史家芘宾（现通译为别林斯基）谓真之俄国文章，实与斯人偕起也"。鲁迅在文章中再次确认了别林斯基的观点，为中国读者接受普希金提出了一个引导性的意见。

考察"五四"以后中国新文学的历史，我们可以随处感受到这位皮肤黝黑的俄罗斯人的影子，而在新诗发展的每一个阶段，我们都能发现普希金的中国传人，在这些诗人中，有的从内容到形式都曾经进行过悉心的学习，有的则在诗歌精神、观念和风格上受到过启迪，其中不乏一些能够标志中国诗歌时代转折的大诗人，如郭沫若、戴望舒、艾青、臧克家、穆旦、北岛、舒婷等。在很多中国人的心目中，普希金这个名字便与关于俄罗斯的民族想象紧密地联系在一起，只要提及那一片广袤的土地也就会极其自然地想到普希金。

作为俄罗斯现代文学的奠基者，无论是生前身后，普希金一直是他的同胞们的骄傲。外国访问者或游客来到俄罗斯，在与当地人士接触时，只要一谈到普希金，马上就能赢得普遍的尊敬，话题就会随即打开。各类书店的售货员，只要一见到异乡来客，十有八九都会向他（她）推荐民族诗人普希金。今天，历史的脚步已经踏进了 21 世纪，那么，19 世纪的普希金还能给我们以什么启示呢？除了文学史的意义，普希金这个名字还有什么现代性的意义？我们现在是否还需要阅读普希金，或者说普希金的诗歌在什么层面上与我们当代的生活发生关系呢？如果是的话，是什么东西支撑着 19 世纪的普希金来感动 21 世纪的我们？这些问题都非常值得我们思考。

首先必须指出的是他对美的敏感。对此，我们也可从两个方面来认识。其一，普希金对艺术形式的探究。文学的发展并不按照进化论的原则，美本身具有一定程度的恒定性。阅读普希金的诗歌，读者就会发现，它们有着繁复多样的内容，涉及生活的各个方面，而这些丰富的内容大多被置放在一个个美丽的形式中，朴素鲜活的语言、和谐的韵律、悦耳的节奏、生动的比喻、深刻的象征，凡此种种，都赋予了庸常的现实以浪漫主义的光芒。其二，他艺术地看待生活的态度。无论是面对大自然的灾难，还是日常生活的挫折，抑或是异性的拒绝，诗人都葆有一颗赤子之心和一双充满发现的眼睛，因此总是能够激发汪洋恣肆的想象力，满怀欣喜地去摄取其中的养料，甚至能够在否定的现象中挖掘肯定的因素，然后，运用自己发达的理性去梳理它们，乃至最终选择个性化的语言来抒发自己的感受。

其次则是他自觉的公民意识和知识分子的良知。普希金在履行自己审美使命的同时，从来不曾忘却一个公民的道德使命，他时刻意识到自己作为俄罗斯人对俄罗斯民族所应承担的责任。诗人崇尚自由、民主、真理、正义等理念，并且把它们提到了信仰的高度，反对一切专制、奴役、暴力、不公。他在坚持这些理念时，感到了自信和力量，为此，诗人时常会把同情的天平向“小人物”一侧倾斜，并且，他不惜与最高统治者发生冲突和抗争，表现出了一个知识分子应有的良知。普希金以他一生的创作和经历告诉我们，在缺乏诗意的社会中，做一名诗人是光荣的，但支持这份光荣的，则必须是做一个堂堂正正的人。

第三点则跟人本身有关。阅读普希金，我们不能不注意到诗人创作中始终洋溢着的人道主义理想，它们最大程度地凸现了诗人博大的爱心，体现了他对人的情感世界的重视。众所周知，在普希金的文学遗产中，爱情诗占有很大的比重。爱情，这两个动人的字眼，在普希金的诗歌辞典里，称得上是关键词中的关键词。固然，他的不少抒情诗都是献给那些激发过自己灵感的异性的，其中有着对温柔的渴望、对青春的赞美、对时间流逝的感慨、对绝望的咀嚼、对爱的欢乐与忧伤的流露、情欲与精神的冲突，等等；令人惊叹的是，如此丰富的篇章，却绝少有雷同的表现。这一切，由于诗人天性的纯洁而感人至深。不过，看待对普希金笔下的“爱情”，我们不能停止于偏狭的理解，正如稍后于他的莱蒙托夫所说，那是一种“奇异的爱”，它常常包括有友谊和同情的成分，蕴藏了深刻的社会内涵，也因此能赢得广泛的社会影响。

最后，我想指出的是，诗人只活了短短的 38 岁，但他毕生都在肯定生命的价值，抗击生存虚无主义的侵扰。1936 年末，他在《哦，不，我并不厌倦生活》这首据称是最后的诗篇中还说道，为了生活中的好奇心，为了“想象中亲切的幻梦”，为了温存的感受，为了所有的情感，应该热爱生活，渴望生活。尽管诗人不断遭受到命运的打击，他在创作中也一而再、再而三地触及死亡、痛苦、孤独、绝望、悲伤等主题；然而，他都以自己旺盛的生命力将它们内化为新的力量，在诗意的层面上加以提升，从负面的现象中找到正面的因素，使之成为“明亮的忧伤”、“痛楚的甜蜜”、“绝望背后的希望”、“死亡之后的新生”，这些都非常贴近我们当代人的行为选择，更是一种面向未来的人生观，它们体现了一个古典诗人超前的现代意识。

1834 年，果戈理曾经预言，像普希金这样的俄国人，两百年才能出一个。但是，两百年已经过去，俄国似乎也还不曾有新的普希金诞生，它再次说明了这位俄罗斯诗人那前无古人、后无来者的独创性。追忆似水年华，我本人大学毕业也超过了三十年，并且早已摆脱了当初“被动”地学习俄语的尴尬和懊恼，转入了“主动”地吸收俄语诗歌营养的兴奋与庆幸。在此期间，普希金和他所奠定的标准俄语，始终如同我生命里的血液一般，以直接或间接的方式渗透在我的文字生涯中，令我获益匪浅。如今，可以毫不夸张地说，俄语诗歌已成了我的“第三只眼睛”，我的“天眼”。最后需要说明的是，本诗选主要依据苏联科学院出版社于 1957 年出版的十卷本《普希金全集》，从中选译了三百余首抒情诗。就已完成的这些译诗而言，我自然期望能在前辈们的“百尺竿头”上，稍进“一步”（我认为只有这样，才能满足普希金远游东方的夙愿，告慰他的诗魂），但这一目标是否已经达到，则需要经过同行和读者们严格的考验。我等待来自各方的评判与教示。

# 目 录

Contents

1813

## 致娜塔丽娅

我纯粹出于偶然才领悟，

丘比特是怎样的一只鸟；

激情的心儿已经被俘；

我必须承认，我堕入了情网！

幸福的时光已经飞逝，

从前，我不知道爱情的重负，

一味地生活和歌唱，

无论在剧院，还是在舞会上，

在游园会，还是在娱乐场，

我飘飘然，像一阵轻风；

我给可爱的女性

随意涂抹一幅漫画，

为的是把小爱神嘲弄；

但我的嘲笑徒劳无益，

最终，我本人也堕入情网，
我本人，唉！丧失了理智，
嘲笑，自由，——都抛在脑后，
我已不再是禁欲的加图[①]，
今天呀，我成了赛拉东[②]！
一看见迷人的娜塔丽娅，
这喜剧女神的献身者，
我的心灵就中了丘比特的金箭！

于是，娜塔丽娅！我必须承认，
我整个的身心充满了你，
这还是第一次，我羞怯地
为女性的魅力所痴迷。
整天，无论我怎样努力，
都无法摆脱你对我的占领；
夜幕降临——在空幻的想象中，
我看见的唯有你，
我仿佛觉得，亲爱的你呀，
一身轻纱，和我在一起；
羞怯而甜蜜的呼吸，

① 加图（公元前95—公元前46），古罗马禁欲主义哲学家。

② 赛拉东，法国作家于尔菲（1567—1625）的小说《阿斯特雷》中的主人公。此指多愁善感的人。

洁白的乳房微微颤动，
闪烁着欺霜赛雪的光泽，
一双明眸半开半闭，
安谧的夜，淡淡的暗影——
这一切令我欣喜若狂！
我单独和她在凉亭下，
我看见……处女的百合花，
我战栗，苦恼，默默无言……
我醒来……唯有一片黑暗
环绕着我孤寂的眠床！
我深深地叹了一口气，
慵懒的梦，缱绻的梦，
张开了翅膀向远方飞翔。
忍受着爱情的煎熬，
情欲越来越强烈，
我一刻比一刻更虚弱。
理智总是在寻索着什么……
寻索什么？没有一个男人
会向女士们透露任何信息，
总是千方百计加以掩饰，
我——却想将它一语道破。

　　恋人们所期盼的一切，

其实他们自己也不明了；

他们这种习性让我感到惊奇！

我期望像菲利蒙一般，

裹着宽大的外套，

戴着尖顶的小帽，

趁着夜幕，抓住安纽塔[①]的纤手，

倾诉相思的痛苦，

宣称：她是我的人！

我祈盼：你能像娜佐拉[②]一样，

抛出含情脉脉的目光，

竭力将我挽留，

或者，让我像白发的奥贝肯，

这被命运遗弃的老人，

戴着假发，披着古老的斗篷，

赢得娇美的罗辛娜[③]的芳心，

伸出粗鲁、灼烫的大手，

抚摩雪白、丰满的乳房……

我祈盼……远隔重洋，

我岂能一脚就跨越，

尽管我对你一往情深，

---

① 菲利蒙和安纽塔，阿勃列西莫夫的歌剧《磨坊主——巫师、骗子和媒人》中的主人公。

② 娜佐拉，萨宁的歌剧《被嘲弄的吝啬鬼》中的主人公。

③ 奥贝肯和罗辛娜，法国剧作家博马舍的作品《塞维勒的理发师》中的主人公。

但与你天各一方，
我不能心存任何希望。

　　可是，娜塔丽娅！你并不知道，
谁是你温柔的赛拉东，
你更不会明白，
为什么，他不敢心存
一丝希望？——娜塔丽娅！
请你听我再絮叨几句：

　　我不是后宫的主宰者，
不是黑奴，不是土耳其人。
你也不能够把我当成
彬彬有礼的中国人，
或者当成粗鲁的美国人，
不要把我看作德国人，
头戴尖顶帽，手拿啤酒杯，
嘴里还叼着一根雪茄烟。
也别把我认作骠骑兵，
顶着头盔，手执长刀。
我不会因为亚当的罪孽，
让马刀、长剑和斧钺
来加重双手的负担。

“那么，你是谁，唠叨的情种?”

请你望一眼高耸的院墙，

那里有沉默那永恒的暗影；

请你望一眼紧闭的窗户，

那里有一盏盏幽灯在闪烁……

你就会明白，娜塔丽娅！我……是一名僧人！

1814

## 理智和爱情

少年达弗尼斯追逐着多丽达[①]，
“停一下，”他喊道，“停一下，美人儿，
只要你说‘我爱你’，我就不再
追赶，爱神可以为此做证！”
“别出声，别出声！”理智说道，
可狡猾的爱神却说：“快说：你真可爱！”

“你真可爱！”牧女重复了一遍，
爱火就开始在他们心中燃烧，
达弗尼斯在美女的脚下跪倒，
多丽达垂下了痴迷的眼睛。
“快跑，快跑！”理智一个劲儿催促，

① 达弗尼斯，古希腊传说中西西里岛的牧人，牧歌的创始人。多丽达，达弗尼斯所爱慕的一位牧女。

可狡猾的爱神却说："留下来吧！"

她留了下来。幸福的牧童
战栗地握紧了她的纤手。
他说："你看，在茂密的椴树荫下，
有两只鸽子正拥抱在一起！"
"快跑，快跑！"理智又在催促，
"向鸽子学一学！"爱神却对她说。

于是，温柔的微笑滑过了
美人那灼烫的嘴唇，
于是，她眼底充满了慵倦，
倒进了情人的怀中……
"祝你幸福！"爱神对她低语，
理智呢？理智唯有沉默而已。

## 致一位吸鼻烟的美女

怎么会呢？你一向都喜欢
　　爱神栽种的玫瑰，
芬芳的铃兰、茉莉和百合，
　　以及骄傲地俯瞰的郁金香，
　　从前，你每天都将它们
　　佩戴在你大理石似的胸前——
　　怎么会呢，亲爱的克丽梅娜，
这趣味的变化是多么奇怪！
你喜欢嗅闻的不再是清晨的小花，
　　而是有害的绿草叶，
　　　那经过精心制作的
　　　柔软的粉末！
让哥廷根白发苍苍的教授
在陈旧的讲台上躬起身子，
以深邃的智慧凝视着拉丁文，
　　不住地咳嗽，用枯瘦的手指

把一撮烟末塞进深深的鼻孔；

　　让留着唇髭的年轻骠骑兵

　　大清早就坐在窗前，

　　带着残余的晨梦，

从海泡石的烟斗里喷出灰色的烟雾；

让六十高龄的美人儿，

向优雅告假，从爱情中退休，

把整个的魅力都交付给托架，

她全身上下没有一处不起皱纹，

　　她诽谤、祈祷，打着呵欠，

只能凭借烟草来忘却悲伤——

而你，美人儿！——倘若是那般

喜欢烟草——啊，激发了我狂热的梦想！

　　唉！但愿我能变成烟末，

　　装进牢房似的烟盒中，

我就能掉入你温柔的纤指里，

　　那时，我就会欣喜若狂地

散落进丝巾遮掩下的胸脯，

甚至……或许……算了！一场空想。

　　这是不可能的事。

　　贪婪、恶毒的命运啊！

唉，为什么我不是烟草！

## 哥萨克

有一次，子夜时分，
　大雾弥漫，一片幽暗，
一个剽悍的哥萨克
　悄悄骑马过了河。

头上歪戴着黑帽子，
　他的短袄布满了灰尘，
膝旁斜挂着手枪，
　马刀几乎贴着了地面。

忠实的马儿，松开缰绳，
　缓缓地向前迈步；
抖动着长长的鬃毛，
　不知不觉已走得很远。

前面出现了两三间茅屋，

四周的围墙已经倾圮；
一条道路通向小村庄，
另一条通向密林深处。

“树林里可找不到姑娘，”
好汉邓尼斯这样想，
“一到天黑，美人儿
肯定回到了她的闺房。”

这顿河的哥萨克，
一磕马刺，勒紧缰绳，
马儿像箭矢一般飞驰，
一眨眼就来到茅屋前。

月亮在云彩背后躲藏，
把遥远的天空照亮，
美丽的姑娘坐在窗前，
正在那里独自忧伤。

好汉看见了美丽的姑娘，
一颗心儿怦怦直跳，
马儿悄悄地左转、左转——
终于靠近了那窗口。

“夜晚变得更加黑暗，
　月亮躲进了云彩，
亲爱的，出来吧，
　给我的马儿喂点水。”

“不！接近年轻的男人，
　让人感到多么可怕，
我更不敢走出家门，
　给你的马儿去喂水。”

“唉！美人儿，别害怕，
　和你的情人亲热一下！”
“姑娘在夜晚会出危险。”
　“我的欢乐！千万别害怕！

“相信我，小情人，那是胡说，
　抛掉那些多余的顾虑，
别浪费大好的时光，
　亲爱的，你别害怕！

“快坐上我的骏马，
　我俩去到遥远的地方；

和我在一起，你会很幸福：
　跟着情人到处是天堂。”

姑娘怎么了？垂下了头颅。
　她战胜了内心的恐惧，
羞怯地答应跟他一起走，
　哥萨克感到十分幸福。

他们骑上马儿，疾驰而去，
　年轻的男女相爱相亲；
可他对她只忠实了两星期；
　到第三个星期就变了心。

## 经验之谈

有人能够以冷漠的理性
暂时阻挡住爱情，
但他无法用沉重的镣铐
锁住爱情的翅膀，
任随他不欢笑、不玩耍，
和冷峻的智慧结成盟友；
一旦顽皮的爱神
前来叩击他的大门，
仍然会和理智发生争吵，
不由自主地去开门。

我本人有过这样的经历，
领略了这番话的真义。
“一路平安！再见，爱情！
我要飞翔，离开赫洛娅，
追随那盲目的女神，

去捕捉幸福，幸福！”
我曾经傲慢地疯想。
突然，我听到哈哈大笑，
回头一看……爱神
她又来叩击我的大门。

不！显然，我不可能
与爱神在吵吵嚷嚷中生活，
只要年迈的帕尔卡①
还在捻纺着生命之线，
我就任随爱神将我主宰！
及时行乐是我的准则。
死亡打开恐怖的坟墓，
明亮的眼睛迅即就黯淡。
爱神呀，也不会前来
叩击阴森的墓门！

---

① 帕尔卡，古罗马神话中的命运之神，通常为纺线的老太婆形象。

## 拉伊莎向维纳斯呈献明镜

这是我的镜子，收下它吧，维纳斯①，
美的女神永远美丽动人，
她全然不惧时光老人的凌辱：
　　她并非必死的凡人；
　　可我服从命运的安排，
再也不能在透明的镜子里观看
　　自己，无论往昔的神采，
　　还是今日的容颜。

① 维纳斯，古罗马神话中的爱神。

# 极　乐

在幽暗而茂密的小树林里，
一条亮晶晶的小溪
在芬芳的草丛中淙淙流淌。
深夜，一个热恋中的牧童
吹奏一枝朴素的芦笛，
凄凉的颤音里饱含着痛苦，
在僻静的山谷中回荡……

突然，一个牧神的儿子
从洞穴的深处冲了出来，
他是顽皮的羊群的主宰，
酒神和爱神的仰慕者。
玫瑰花缀满了他的双角，
常春藤缠绕着他的黑发，
葡萄酒浸泡过的山羊毛，

披散在萨提尔[①]的肩膀上。
森林之神躬起了身子，
倚靠着一根弯曲的手杖，
悄悄地隐藏在灌木丛中，
聆听着深夜那牧童的歌声，
和着节拍摇晃着脑袋。

“岁月在欢乐中消逝！
（牧童的歌唱十分伤感）
为什么你像幻境一般出现，
如同影子似的稍纵即逝，
在永恒的黑暗中隐没？

“唉！每当夜幕降临，
月光洒下了神秘的光芒，
在阴凉的小树林的荫覆下，
我和我温柔的赫洛娅，
手儿拉着手儿，进入
安谧而甜蜜的梦境，
谁能与我的幸福相比？
那时，赫洛娅有万种风情！

---

① 萨提尔，古希腊神话中的林神，通常被描绘成半人半羊状。

“如今，生活如同我的坟墓，
世态炎凉令我伤心欲绝，
森林忧伤，溪流悲叹……
赫洛娅背叛了我的心！
可爱的她不再认为我可爱！”

沉郁的芦笛声消失了；
歌手不再歌唱——寂静
笼罩着这一片荒凉的树林；
唯有溪水在淙淙流淌，
微风在轻轻地飘荡，
菟丝草儿在簌簌作响……
突然，拨开浓密的树荫，
萨提尔走了出来。
他手持友谊的酒杯，
杯中泛起银白的泡沫，
咧开了大嘴对我说：
“你忧伤，你心情愁闷；
可是，你瞧，在月光下，
这杯美酒是多么地透明！
你要是干上一杯，心灵就会
像美酒似的明亮和纯净。

在厄运中呻吟只是枉然。
你最好、最好去自寻快乐，
酒神是你痛苦时的好友！”
于是，牧童接过了酒杯，
飞快地一饮而尽，
嘿，美酒的力量真是神奇！
悲伤和痛苦顷刻就消失，
心灵的阴霾一扫而光！
只要把一只酒杯送到嘴边，
一切就在瞬息间变样，
整个自然变得生机蓬勃，
青年便充满了幸福的幻想！
干完了这一杯金色的玉液，
再斟满另一樽琼浆；
啊，再来第三杯……两眼发黑，
周围的景象变得模糊不清——
不幸的人儿……浑身没劲。
牧童懒懒地耷拉下脑袋，
一声长叹，他开口说道：
“萨提尔，请你教一教我，
我怎样才能和厄运抗争？
我怎样才能获得幸福？
我不能靠喝酒虚度终生。”

“听着，可爱的年轻人，
我奉送一个有益的忠告，
极乐的片刻要靠终生捕捉；
牢记一条友谊的教导：
没有美酒就不会有欢乐，
没有爱情就不会有幸福；
趁着你这会儿还有点醉意，
赶快去和丘比特讲和；
请忘掉他对你的欺辱，
赶快投入多丽达的怀抱，
你就能再度享受到幸福！”

## 宴饮的大学生

朋友们！悠闲的时刻已来临；

　一切都宁静而安详；

快把桌布铺好，拿来酒杯，

　斟上金色的葡萄酒！

香槟啊，在酒杯中冒泡吧，

　朋友们，何必还在桌上摆放

康德、塞涅卡与塔西陀[①]，

　而且还一本接一本？

把这些冰冷的智者扔进桌底，

　我们来统治这一片领地；

把傻乎乎的学究扔进桌底，

　没有他们，我们才能畅饮。

---

① 康德（1724—1804），德国哲学家。塞涅卡（约公元前4—公元65），古罗马政治活动家、哲学家和作家。塔西陀（约58—约117），古罗马历史学家。

难道在桌布的旁边，我们
　　还能找到清醒的大学生？
不论怎样，必须赶紧
　　从中选出一位主席，
作为奖励，他给每个醉鬼
　　斟上潘趣酒和格罗克酒，
而对你们斯巴达式[①]的人啊，
　　就会端上一杯清水！
干杯！我好心肠的加利奇，
　　你主张享乐主义的生活；
你是伊壁鸠鲁[②]的兄弟，
　　你的灵魂浸泡在酒杯中。
你把花冠戴到自己的头上，
　　前来做我们的主席，
哦，就连各国的君主
　　也会对大学生产生妒忌。

伸出手来，德尔维格！还睡什么？
　　醒来吧，睡意惺忪的懒汉！
这已不是坐在讲台下，

---

① 斯巴达人是古希腊一个城邦的居民，以艰苦磨炼自己来增强体魄著称。
② 伊壁鸠鲁（公元前341—前270），古希腊哲学家，主张享乐至上的生活。

不是在听催眠的拉丁文。
你瞧：这儿全是你的朋友；
瓶子里灌满了葡萄酒，
为我们缪斯的健康而干杯，
帕纳斯山①上的风流人物。
亲爱的滑稽鬼，击掌为誓！
把闲暇的酒杯斟满，
再写上一百条警句，
调侃一下敌人与朋友。

至于你，年轻的美男子，
尊贵的浪荡子先生！
你是酒神勇猛的祭司，
请把别的事情先撂下！
虽是大学生，虽说已醉了，
我仍然敬重谦虚的品德；
高举起冒泡的酒杯，
我将战斗来祝福。

亲爱的同学，直率的朋友，
让我们紧紧地握一下手，

---

① 帕纳斯山，古希腊神话传说中太阳神阿波罗和文艺女神们居住的地方。

让我们把学究的无聊
　扔进这轮饮的酒杯：
我们不是初次一起喝酒，
　更是经常相互争斗，
但是，斟满了友谊之杯，
　我们马上言归于好。

哦，还有你，童年时代，
　你便一直呼吸着欢笑，
确实，你是个有趣的诗人，
　但你的寓言写得很糟。
我跟你无拘无束地玩牌，
　我打心眼里喜欢你，
把这杯子斟得满满的——
　理智，最好去见上帝！

还有你，天生的淘气鬼，
　那浪子中的浪子，
豁出命来的大胆狂徒，
　是我知心的朋友，
把这些酒瓶酒杯摔碎，
　祝愿普拉托夫健康，
干脆，把酒浇进哥萨克帽子，

我们重新再干杯！

靠近一些，亲爱的歌手，
阿波罗的宠儿！
请用吉他安谧的声音
歌颂心灵的主宰。
多么甜蜜，在郁闷的胸中，
流淌着缱绻的乐音！
但是否我又要为激情叹息？
不！醉鬼只会哈哈大笑！

或许，为了酒神的合唱队，
技巧娴熟的罗杰，
拿起那把破旧的提琴，
吱吱嘎嘎拉上一曲？
先生们，一起合唱吧，
不太连贯有什么关系；
沙哑？——这不是灾难：
对醉鬼而言，一切都可行！

怎么啦？……我眼中一切成双，
酒瓶也排成了一对对；

整个屋子都在旋转；

　黑暗蒙蔽了我们的眼睛……

你们在哪里，同学们？我在哪里？

　告诉我，看酒神面上……

你们在睡觉，我的朋友们，

　趴伏在练习本上……

你这个倒霉的作家！

　你看来比谁都更清醒；

维利格姆，读你的诗歌吧，

　让我能尽快入睡。

# 致尼·格·罗蒙诺索夫[1]

亲爱的朋友，你如今也放弃了
寂静这安逸的港湾，
快乐地划动起自己的小舟，
驶向汹涌而深邃的海洋；
命运正在为你掌舵，
晴朗的天空照耀着你，
大船在飞快地滑动——
幸福抻直了船帆。
上帝保佑，你不要遭遇
暴风雨临近的险象，
也不要让狂烈的风暴
在你的小舟前鼓动波涛！
上帝保佑，黄昏时分，
你能顺利地泊岸，

---

① 尼·格·罗蒙诺索夫（1798—1875），普希金的同学的哥哥。

在那里安静地休憩，
与爱情和友谊永不分离！
不！你不会把它们遗忘！
但是啊，我的朋友，或许，
我和你还不能很快相见，
在那简陋而安谧的茅舍里；
手握一杯相互传递的潘趣酒，
你有时还会想起我；
等我搬到新居以后，
（谁能逃脱这长眠的结局？）
请说一声："上帝保佑他快乐！
至少他生前曾经爱过。"

# 皇村回忆

睡意惺忪的天穹
悬挂着忧郁的夜幕；
山谷和灌木丛在无言的寂静中安睡，
白雾笼罩着远方的树林；
隐约听到流进林荫的淙淙溪水声，
隐约嗅到在树叶上打盹的风之呼吸，
安谧的月亮，仿佛一只高傲的天鹅，
在银色的云彩中游弋。

瀑布像碎玉的小河，
从嶙峋的山石上跌落，
在宁静的湖泊中，众多的女神们
泼溅着懒散的水波；
那里，宏伟的宫殿是如此安静，
在圆柱的支撑下，直上云霄。
难道人间诸神不能在这里度过平静的时光？

难道这不是俄国的雅典娜神庙？

这美丽的皇村花园，
难道不是北方的天堂？
强大的俄国雄鹰战胜了狮子，难道不是
在和平与安乐的怀抱中安眠？
啊，我们的黄金时代已经永远逝去，
遥想当年，仰赖伟大妻子[①]的权杖，
幸福的俄罗斯戴上了荣誉的冠冕，
在寂静的庇护下开放。

在这里，每走一步，
都会引发往昔的回忆；
环顾四周，一个俄国人就会发出叹息：
“伟人已去，一切皆逝！”
于是，陷入沉思，坐在绿草如茵的河岸上，
默不作声，倾听着轻风的吹拂。
逝去的岁月就会在他的眼前闪烁，
精神沐浴在平和的欣喜里。

他看见：一座纪念碑

① 指叶卡捷琳娜二世（1729—1796）。

耸立在布满苔藓的磐石上，
周围是汹涌的波涛。一只年轻的鹰
高踞碑顶，张开了翅膀。
沉重的铁链和闪电的箭头
在威严的圆柱上缠绕了三圈；
白色的波浪在碑座四周喧响一阵，
便在闪亮的泡沫中安眠。

一座朴素的纪念碑竖立
在忧郁的松树密林中，
哦，对你卡古尔河岸而言，这是多大的耻辱，
却为亲爱的祖国赢来了荣誉！
哦，俄罗斯的巨人们，你们永远不朽，
你们在战争的风云中锻炼成长！
哦，你们，叶卡捷琳娜的近臣和朋友，
你们的名字将万世流芳。

哦，战乱频仍的轰鸣时代，
你是俄罗斯荣誉的见证！
你瞧，奥尔洛夫、鲁缅采夫和苏沃罗夫①，

① 奥尔洛夫（1737—1807），鲁缅采夫（1725—1796），苏沃罗夫（1729—1800），均为俄国历史上著名的军事家。

这些斯拉夫威武的子孙，
凭借着宙斯的雷霆之力赢得了胜利；
整个世界都为他们英勇的功绩而震惊；
杰尔查文和彼得罗夫[1]在铿锵的竖琴上，
曾把伟大的英雄歌颂。

难忘的时代，你已逝去！
一个新世纪很快又面临
一场场新的搏杀，一次次可怕的战争；
痛苦——是一个凡人的命运。
那个凭借狡诈和冒险登基的皇帝[2]，
用凶恶的手又举起了血腥的宝剑；
世界的灾星升起了——恐怖的霞光
很快将染红新的战乱。

仿佛一股湍急的水流，
敌人闯进了俄罗斯的土地。
在他们面前，忧郁的草原在梦中沉睡，
大地散发着血腥的气息。
和平的村庄和城市在黑暗中熊熊燃烧，

---

① 杰尔查文（1743—1816），彼得罗夫（1736—1799），俄国诗人。
② 指拿破仑（1769—1821）。

周围的天空被映照得一片红彤彤，
茂密的树林掩蔽着逃难的人们，
　　　　闲置在田野的犁头在生锈。

　　　　敌人在前进，势不可当，
　　　　一切被毁损，一切化为灰烬，
柏洛娜战死的子孙，这些苍白的亡灵，
　　　　组成了飘忽不定的军队。
他们络绎不绝，有的落进幽暗的坟墓，
有的在安谧的深夜里沿着树林彷徨……
但是，召唤声起！他们奔向雾茫茫的远方！
　　　　铠甲和刀剑在碰撞作响！

　　　　哦，胆战心惊吧，异国的军队！
　　　　俄罗斯的儿郎在挺进；
无论老少都挺身而起，被复仇的火焰点燃，
　　　　纷纷扑向强悍的敌人。
战栗吧，暴君！你的末日已经来临！
你将发现，每一个士兵都非常勇猛，
他们的目标要么是取胜，要么是战死，
　　　　为了祭坛的神圣，为了俄罗斯。

　　　　雄健的战马斗志昂扬，

山谷里布满了士兵，
一队又一队，渴望着复仇，渴盼着荣誉，
胸中有压抑不住的兴奋。
扑向可怕的盛宴；为刀剑寻找猎物，
于是，厮杀开始了；雷霆在山冈上炸响，
空中硝烟弥漫，流矢和刀剑在相互碰撞，
血液喷溅在盾牌上。

一场鏖战。俄罗斯胜利了！
傲慢的高卢人在向后溃逃；
但是，天庭的主宰仍然给这身经百战的枭雄
赐予了最后一道光芒，
白发的统帅①没有在这里将他彻底打垮；
哦，波罗金诺血流成河的土地啊！
你没能阻挡住敌人的狂暴和傲慢！
唉！高卢人竟登上了克里姆林宫塔楼！

莫斯科啊，亲爱的故乡，
早年，那风华正茂的年代，
我在这里虚掷了无忧无虑的金色时光，
不知道灾难，不知道忧烦，

---

① 指1812年卫国战争的俄军总司令库图佐夫（1745—1813）。

你亲眼目睹了他们，祖国的敌人！
鲜血将你染红，大火将你烤焦！
我并不曾为你复仇，为你奉献出生命；
　　　　胸中徒有怒火在燃烧！

　　　　百顶的莫斯科[①]啊，
　　　　你故乡的美丽在何方？
昔日的首都触目皆是壮丽与辉煌，
　　　　如今只剩一片废墟；
莫斯科啊，你凄凉的景象让俄国人震惊！
皇家的宫殿和贵族的府邸全数消失了，
大火焚毁了一切，塔楼的尖顶黯淡无色，
　　　　富人的豪宅也已倾圮。

　　　　那里原先是豪华的场所，
　　　　周围环绕着树林与花园，
桃金娘散发着芬芳，椴树轻轻摇摆，
　　　　如今却只有焦土与灰烬。
在美妙的夏夜里，在安谧的时光中，
欢乐的喧嚣再也不会飞临那里，
岸边的灯火与美丽的树林也不再闪烁：

① 莫斯科城内有数百个东正教教堂的圆顶，故有此说。

一切沉默，一切死寂。

放心吧，俄罗斯诸城的母亲，

且看那侵略者的灭亡。

造物主已经伸出那一只复仇的右手，

按住了他们傲慢的颈项。

看哪：敌人在逃窜，连头都不敢回，

他们的鲜血在雪地上像河水一般流淌；

逃窜——在黑夜中，等待他们的是

俄国人的刀剑、饥饿和死亡。

啊，你们，令欧洲强大的各民族

感到战栗的你们，

高卢的强盗啊！你们也走进了坟墓。

哦，恐惧！哦，可怕的光阴！

你这柏洛娜宠爱的幸运之子，你在哪里？

你蔑视信仰和法律，蔑视真理的声音，

曾经狂妄地梦想用刀剑颠覆所有的王位，

消失了，仿佛清晨的一场噩梦！

俄国人进了巴黎！复仇的火炬在哪里？

高卢啊，快低下你的头颅。

但我看见了什么？俄国人面带和解的微笑，

把金色的橄榄枝递出。
在遥远的地方，战争的雷声还在轰鸣，
仿佛北方阴霾中的草原，莫斯科一片凄清，
但俄国人没有把死亡带给自己的敌人，
而是给大地送去了和平。

哦，俄罗斯灵感洋溢的歌手①，
你曾歌颂过威武的大军，
在朋友的圈子里，请以一颗炽热的灵魂，
拨响那金色的竖琴！
再一次用和谐的声音把英雄们颂扬，
高傲的琴弦，把火焰播撒进心灵，
听到你战斗的歌手的声音，年轻的士兵
就会颤抖，热血沸腾。

① 指俄国诗人茹科夫斯基（1783—1852）。

## 浪漫曲

阴雨的秋天，临近黄昏，
一位姑娘走到荒凉的地方，
她战栗的双手搂抱着
不幸爱情那秘密的果实。
万籁俱寂——山峰和树林，
一切都在暮色中安息；
她全神贯注的目光
惊恐不安地环顾着四周。

她长叹了一声，把目光
投在这无辜的造物身上……
“你睡吧，孩子，我的痛苦，
你并不知道我的忧伤，
等你睁开眼睛，想要吃奶，
你已不能贴紧我的乳房。
明天，你再也无法享受

你不幸的妈妈的亲吻。

“你对她的呼唤已是枉然！
我的罪孽是永恒的耻辱——
你将永远将我遗忘，
而我却永远把你牢记。
你将会寄人篱下，他们
会说：‘你并非我们所生！’
你会问道：‘我的父母在哪里？’
可是，你找不到亲生的父母。

“我的天使，在孩子们中间，
他将变得多愁善感，
将终生怀着悲苦的灵魂，
羡慕别人母亲的爱抚。
永远是孤独的流浪汉，
永远把自己的命运诅咒，
他将忍受残酷的辱骂……
那时哟，请原谅我，原谅我！

“或许，你这忧郁的孤儿，
会找到父亲，能把他拥抱，
唉！他在何方，亲爱的负心郎，

我终生不会忘却的人儿？
那时哟，安慰一下那受苦者，
你对他说：‘她已不在人世，
劳拉承受不了离别的愁苦，
已经舍弃了空无的世界。’

“我在唠叨什么？……或许
你还会遇见你罪孽的母亲，
你痛苦的目光将让我内疚！
难道我连儿子都无法辨认？
啊，倘若铁石心肠的命运
能够被我的祈求所打动……
但或许，你跟我擦肩而过，
我和你永远不能相逢。

“你睡着了——不幸的孩子，
最后一次贴紧我的乳房。
那可怕的不公正的法律
把痛苦宣判给我们。
趁着岁月还没有赶走
无忧的欢乐，睡吧，亲爱的！
但愿痛苦和忧伤不会
惊扰你平静的童年时代！”

但是，突然，树丛背后的月亮
照亮附近的一间茅屋……
她激动地搂紧了儿子，
悄悄地走近那间屋子；
她弯下身子，轻轻地，
把婴儿放在陌生人的门槛前，
她满怀惊恐地移开眼睛，
随即在夜的黑暗中消失。

## 丽　达（康塔塔[1]）

在幽暗的小树林里，在芬芳的椴树荫下，
在挺拔的芦苇丛中，银色的水花泼溅着，
　　仿佛一串串晶莹的珍珠，
　　一阵微风轻轻地拂过，
　　羞涩的美人儿脱去衣裙，
随手把它们扔在了岸上，
欢快的小溪扬起嬉戏的波浪，
　　冲洗着她迷人的裸体。

　　小树林里性急的居民，
　　哦，小溪，放矜持一些！
　　絮叨的溪水，安静一些！
　　别吓得她改变了主意！

① 康塔塔，一种音乐体裁。通常由乐队的引子、咏叹调、宣叙调与合唱组成。

丽达在胆怯地战栗着，
雪白的胸脯微微起伏，
周围的波浪不再拍击，
微风也不再敢轻拂。

小树林的簌簌声停息，
美妙的安谧笼罩着一切；
神女向河的中央走去，
把自己交付给羞怯的水波。

岸边的灌木丛不知怎么发出了声响，
一种胆怯的感觉攫住了美人的心，
情不自禁地战栗起来，屏住了呼吸。
从垂柳下浮游出一只天鹅之王，
张开了骄傲的翅膀，
胸中充满了快乐，驱赶着一道道波浪，
在喧响的水声中，向美人儿游去，
时而在空中拍动翅膀，
时而把颈项弯曲成圆环，
时而在丽达面前垂下高傲的头颅。

丽达露出了微笑，
突然传出一声

快乐的叫喊。

一幕色情的场景！

天鹅俯身

冲向迷人的丽达。

一阵呻吟，

复归于平静。

森林的神女，

在甜蜜的欢情中，

偷偷地窥破了

诸神的秘密。

年轻的美人儿，终于从沉醉中醒来，

睁开安静的目光，发出倦怠的叹息，

她看见了什么？——在鲜花铺就的卧榻上，

她安静地躺在大神宙斯的怀抱中；

一种崭新的爱情已经萌生——

那美妙的秘密之帷已经落下。

鲜艳的玫瑰，美丽的少女，

你们要从中吸取一个教训，

夏日的黄昏，千万不要

靠近小树林旁的溪水。

激情澎湃的爱神经常
隐藏在幽暗的小树林里；
他在清凉的溪水中浮动，
在水花里藏匿着金箭。

鲜艳的玫瑰，美丽的少女，
你们要从中吸取一个教训，
夏日的黄昏，千万不要
靠近小树林旁的溪水。

## 致娜塔莎

美丽的夏天凋敝了，凋敝了，
明朗的日子正在飞逝；
黑夜那绵绵的迷雾
在打盹的影子上弥漫；
肥沃的田野一片空旷，
嬉闹的小溪变得冰凉；
蓊郁的森林愁白了鬓发；
天穹显得黯淡而苍茫。

心爱的娜塔莎！你在哪里？
为何见不到你的踪影？
莫非你不愿和知心的朋友
分享那共同的时光？
无论在波光粼粼的湖面，

还是在芬芳的椴树荫下，
无论清晨，还是傍晚，
我都见不到你的倩影。

很快，很快，寒冷的冬天
就要造访森林和田野；
在烟雾缭绕的农舍里，
炉火很快将熊熊燃烧；
但我还是见不到迷人的她，
仿佛笼子里的一只黄雀，
沮丧地独坐在家中，
深深地怀念我的娜塔莎。

## 水和酒

炎热的正午，我喜欢
从溪流中掬起一捧清凉，
在安静而偏僻的小树丛中，
看水流如何拍打溪岸，
美酒在杯沿上翻腾，
让传递的酒杯溢出泡沫，
朋友，您说，预感到快乐，
怎能不失声痛哭？

让大胆妄为的人受到诅咒，
谁若是被亵渎的狂热所迷惑，
第一个伸出罪孽的手，
哦，恐惧！……水掺进了酒！
让这样的恶棍受到诅咒！
让他再也不能享用美酒，
或者，虽然一杯又一杯地豪饮，
却分辨不清美酒和劣酒！

# 致李锡尼[①]

李锡尼，你是否看见：年轻的维图里，
头戴桂冠，身穿鲜艳夺目的紫红长袍，
乘着华丽的马车，沿着宽阔的大道
神情倨傲地朝着人群飞驰而来？
你瞧：所有人在他面前都卑躬屈膝；
你瞧：随从们在怎样驱赶不幸的人们！
谄媚者、元老和美女排成了一长列，
目不转睛，讨好地追随在他的身后；
战战兢兢地捕捉他的笑容和飘忽的眼神，
仿佛在等待诸神那令人惊喜的祝福；
年幼的孩子们和白发苍苍的老人，
都跪倒在地，默默地膜拜他们的偶像：
对他们而言，污泥中他的车辙的痕迹

---

① 李锡尼（约 250—325），古罗马执政官，他曾制定有利于平民的法律。

也成了某种神圣而可敬的纪念物。

　　哦，罗慕洛[1]的人民，请问，你们跪了多久？
谁使你们成为奴隶，给你们套上强权的枷锁？
高傲的全权公民们在重压之下屈服。
哦，天哪，是谁，是谁让你们甘受奴役？
（要我来说？）是维图里！祖国的耻辱啊，
一名放浪的少年竟凌驾于群臣之上；
暴君的宠儿执掌着软弱的元老院，
罗马被套上重轭，祖国蒙受着耻辱；
维图里成了罗马皇帝！……哦，耻辱，哦，时代！
莫非这整个宇宙都必须毁灭？

　　但那是谁呀，站在柱廊下，低垂着头颅，
披着一件破斗篷，拄着一根拐杖，
皱着眉头，从喧闹的人群中走过？
“你去哪里？智者达米特，真理之友！”
“我也不知去哪里，我早已熟视无睹；
我要永远离开罗马：我憎恨奴役。”

　　李锡尼，好心的朋友！或许，我们最好

---

① 罗慕洛，传说中罗马帝国的开创者，吃狼奶长大。

还是以白发苍苍的犬儒主义者为榜样，
向福耳图那[①]和那些幻想家卑躬屈膝？
或许我们最好还是离开这个荒淫的城市？
这儿一切都可以出卖：法律、正义、
执政官、护民官、名誉、美色。
请让格莉采丽娅，这年轻的美女，
像轮流饮用的酒杯一样供众人分享，
人们的天真被交易的罗网所捕获！
我们因布满皱纹的软弱感到羞耻，
我们把欢乐的光亮留给虚荣的青春：
让无耻的克利特，这科涅里的奴仆，
在显贵和富豪的府邸之间来回穿梭，
去厚颜无耻地贩卖他的卑鄙下流！
我有一颗罗马人的心，自由在胸中沸腾；
伟大人民的精神并未在我身上沉睡。
李锡尼，让我们尽快远离这焦虑，
远离这帮疯狂的智者，撒谎的美女！
不要理会嫉恨的命运对心灵的打击，
我们要把祖先的灵魂带回到乡村！
在古老的灌木丛的荫凉下，在海滨，
我们不难找到明亮而朴素的房屋，

① 福耳图那，罗马神话传说中的幸运女神。

在那里，我们不再惧怕群氓的骚动，
我们将在远离尘嚣的幽居中终老一生。
在那里，我们栖身在舒适的角落中，
面对壁炉里橡木熊熊燃烧的炉火，
手捧祖传的酒杯，生发吊古的情思，
让冷酷的尤维纳利斯[①]冶炼我们的精神，
我要以正义的讽刺来刻画恶习，
把这个时代的风尚向后人来揭露。

啊，你这荒淫残暴的傲慢之国！
报复和惩罚的日子，可怕的日子将来临，
我已预见到了这恐怖的辉煌之终结：
那主宰世界的皇冠将跌落，跌落进尘埃。
年轻的民族，那在惨烈战斗中成长的子孙，
将举起强壮的手臂，把刀剑向你刺去，
他们将越过崇山峻岭，越过汪洋大海，
像一条奔腾不息的河流，向你汹涌而来。
罗马将消失，浓重的黑暗将它笼罩；
一个过路人，眼望着废墟上的石块，
将陷入悒郁的沉思，发出一声感叹：
“罗马啊，生于自由，却毁于奴役。”

---

① 尤维纳利斯（约 60—127），古罗马的著名讽刺诗人。

## 致巴丘什科夫[①]

某月某日，我诞生

在赫利孔的山洞里。

以阿波罗的名义，

提布罗斯[②]为我洗礼，

而自幼我便畅饮

清冽的希布克林泉[③]水，

在春天的玫瑰丛下，

我成长为一名诗人。

赫耳墨斯[④]快乐的儿子

很喜欢这个小男孩，

在金色的欢乐时光，

---

① 巴丘什科夫（1787—1855），俄罗斯诗人。

② 提布罗斯，公元前1世纪古罗马诗人。

③ 希布克林泉，传说中阿波罗的坐骑踏出的一泓泉水，意为灵感之源。

④ 赫耳墨斯，古希腊神话中的畜牧之神。

我得到一根芦笛。
早早地与它相熟，
我不断地吹奏；
尽管我全无章法，
缪斯却并不感到刺耳。

而你，欢娱的歌手，
缪斯们的老朋友，
你希望我能沿着
荣誉的道路向前冲，
告别阿那克利翁①，
去追随马洛②的足迹，
应和着竖琴的弦音，
歌颂战争的血宴。

阿波罗的所赐有限：
一点兴趣，贫乏的天赋。
我远离自己的家园，
在异国的天空下歌唱，

---

① 阿那克利翁（约公元前570—前428），古希腊抒情诗人。
② 马洛，即维吉尔（公元前70—前19），古罗马诗人。

我害怕和鲁莽的伊卡洛斯[1]

一起徒劳无益地飞翔，

我将走我自己的道路：

每个人都有自己的方向。

---

① 伊卡洛斯，古希腊神话中的人物，他用蜡粘羽毛的翅膀飞翔，因靠近太阳使蜡质熔化，最后坠海而死。

## 梦想家

月亮悄悄地溜上天空，
　　山冈上夜色朦胧，
寂静飘落在水面上，
　　微风吹拂着山谷，
在幽暗而空旷的树丛中，
　　春天的歌手缄口无言，
畜群在原野上安睡，
　　子夜的飞逝如此静谧；

海洋以它的幽暗
　　笼罩着安逸的角落，
壁炉里的火光逐渐黯淡，
　　蜡烛也行将燃尽；
在简陋的神龛中，
　　竖立着家神的圣像，
在这些泥塑的圣像前，

　　一盏孤灯闪着幽光。

我用一只手支撑着脑袋，
　　斜倚在孤寂的卧榻上，
无精打采，神思恍惚，
　　沉迷于甜蜜的遐想；
在朗朗的月光照耀下，
　　从奇幻的夜之幽暗里，
飞出一群有翼的幻想，
　　欢蹦乱跳地嬉戏，

于是，响起一个低沉的声音；
　　金色的琴弦在振荡。
在僻静而幽暗的时刻，
　　年轻的幻想家在歌唱；
充满了秘密的忧伤，
　　和沉默所激发的灵感，
在那把生动的竖琴上，
　　有一只手在灵活地弹拨。

陋室中的居住者有福了，
　　他无须再祈求什么幸福！
宙斯成了他的庇护者，

使他免遭雷霆的灾厄；
在慵懒而静谧的时刻，
他甜蜜地安睡，
即便是军号刺耳的响声
也无法将他惊醒。

任凭荣誉以粗犷的面目出现，
去敲打铿锵的盾牌，
任凭它以血淋淋的手掌
从远方向我发出威胁，
任凭军旗迎风招展，
人们在浴血奋战，
心灵更亲近安谧的生活，
我绝不、绝不贪图荣誉。

我在荒野找到一方净土，
准备平静地消受光阴；
我得到天神赐予的竖琴，
那是诗人无价的天赋；
忠实的缪斯和我同在，
女神啊，我为你歌唱！
我的小屋和这片旷野
因为你的存在而美丽。

金色的岁月，虚弱的早晨，
　　你庇护着歌手，
你把桃金娘编织的花冠
　　戴上了他的额头，
你闪烁着天庭的光辉，
　　飞进这简陋的斗室，
屏住了呼吸，俯身
　　在婴儿的摇篮上。

哦，请做我年轻的女伴，
　　直到我走进那道墓门！
在我的头顶张开翅膀，
　　和幻想一起飞翔；
请驱除那阴郁的忧伤，
　　请用谎言……来俘虏我，
请透过那层层迷雾，
　　为可爱的生活指出光明！

我的晚年将十分平静；
　　死亡这和善的使者来临，
叩击着屋门，低声说道：
　　“该去幽灵居住的场所了！”

就这样，在冬天的傍晚，

　　一个甜梦走进安静的前厅，

头戴罂粟花编织的花冠，

　　拄着一根慵懒的拐杖……

## 我的遗嘱（致朋友们）

我希望明天就死去，
恰似快乐的幽灵，
飞向忘川静谧的河岸，
那奇妙的安乐乡……
永别了，迷人的魅惑，
生活与爱情的享乐！
哦，朋友们，靠近一些，
靠近一些，虔敬与关注！
歌手已决定死去。
那么，在傍晚的月光下，
难道不能用花园里的草皮
替代白色花纹的尸布？
难道不能排起了长队，
端起斟满的酒杯，
走向幽暗的睡眠之岸，
我们曾在那里交谈？

请把塞墨勒[①]欢乐的儿子
和爱神——竖琴的朋友，
诸神与凡人的主宰，
请来参加最后的宴席。
让欢乐跑到这里来，
摇动快活的小铃铛，
让我们由衷地开怀大笑，
在美酒漫溢的酒杯旁。
让我们亲近的缪斯
纷纷嬉戏着降临；
畅饮那第一杯美酒，
朋友们！缪斯和我们的友谊
无比神圣；直到启明星
升起，直到安谧的曙光闪现，
弟兄们传递的酒杯
都不会离开诗人的手心；
我最后一次将排箫，
这幻想的甜蜜的女歌手，
紧贴在我欣喜的胸口。
最后一次，我充满了温情，
不再记得永恒和朋友；

① 塞墨勒，古希腊神话中的大地女神，酒神狄奥尼索斯的母亲。

最后一次，从雪白的乳房
吮吸青春时光的惬意！

　　黑暗笼罩的东方
被曙色镀上一层金光，
晨露打湿的白杨，
沐浴着绚烂的霞光，
请摆上阿那克利翁的果实，
他曾经是我的导师，
沿着一条相同的道路，
我将走向冥河忧伤的河岸。
别了，亲爱的朋友们，
握一下手，再见吧！
请你们答应我，答应我，
在我永远地消失以后，
一定要履行我的遗嘱。
快来吧，亲爱的歌手，
你曾歌颂过酒神和杰米拉，
我把慵懒和竖琴交给你，
缪斯将在头顶庇护你！
你千万别忘记我们的友谊，
哦，普辛，轻浮的聪明人！
请接过我深情的酒杯，

和那凋萎的桃金娘花冠！
朋友们！我将留给你们
我的心和美好往昔的记忆，
在罂粟和百合花的卧榻上，
我曾经度过我幸福的慵懒时光；
哦，朋友们，我将我的诗歌
和我的叹息献给遗忘，献给她！

在肃穆的葬礼那一天，
我应当邀请你们参加；
欢乐，这孤独的朋友，
它会把请柬向你们分发……
你们头戴花冠，手拉着手，
欢快地聚集到一起，
歌手消失在赫利孔的灌木丛中，
在歌手的灵柩之上，
烙刻上你们流畅的笔迹：
“阿波罗和欢情的后代，
一位少年智者在此安息。”

# 墓志铭

这里埋葬着普希金；他写诗、恋爱，
懒散而快乐地度过了一生，
不曾做过什么善事，却有一颗善心，
　　上帝做证，他是一个好人。

## 阵亡的骑士

最后的光在树林背后燃烧，
黄昏的霞光悄悄地熄灭，
　　幽谷深处一片静默；
河流在空濛的迷雾中划出漩涡，
一队一队的云朵懒散地行走，
　　金色的月亮置身云间。

山冈上躺着一副沉重的铠甲，
折断的长矛、护手和宝剑，
　　锈蚀的头盔压着盾牌，
还有扎进潮湿青苔的马刺：
它们静静地躺着，一轮弯月
　　在上空闪烁着血红的光芒。

战马，这勇士的好友，围着山冈转圈，
骄傲的眼睛失去了往昔的杀气，

　　它垂下好战的头颅。
没精打采地踢踏着幽谷里的石头，
瞧着铠甲——忠诚的战马感到了孤独，
　　狂野地战栗和嘶鸣。

一个旅人在行走，在黑暗中迷失，
他的内心混合着胆怯和希望，
　　全身倚靠着一根拐杖，
爬上了山冈，走向迷茫的远方，
他一边张望，一边下山，疲倦的
　　脚髁竟然碰响了铁甲。

旅人不寒而栗，铠甲嗡嗡作响。
死者的遗骸在里面乒乓撞击，
　　头盔在岩石上滚动，
颅骨也随之翻滚……听到这闷响，
战马一声长嘶，得得奔上山冈，
　　瞧了一眼，……又垂下了头颅。

在苍茫的夜色中，旅人已经远离山冈，
却依然感到脚下有骸骨在响动……
　　而朝霞带来一个新的早晨，

阵亡的骑士还在山冈上静躺，

铠甲毫无动静，头盔不再撞击，

　　唯有战马还在围着死者转圈。

# 玫　瑰

我的朋友们，

我们的玫瑰在何方？

玫瑰枯萎了，

这霞光之子。

不要说：

青春就这样枯萎！

不要说：

这就是生命的欢乐！

请你对小花说：

别了，我很伤心！

然后，告诉我们：

百合花在何方。

## 是的，我曾经幸福过

是的，我曾经幸福过，是的，我曾经享受过，

我曾经陶醉于安谧的惬意和激动的狂喜……

　　那短暂的快乐日子到哪里去了？

　　伴随着飞逝的梦幻而消失，

　　享受的魅惑也已凋敝，

我的周围，再一次布满了寂寞的影子！

# 泪

昨天，我和一名骠骑兵
　　坐在一起喝酒，
闷闷不乐，默默地
　　望着远方的道路。

“你说，你向路上张望什么?”
　　我勇敢的朋友问道——
“谢天谢地，你还不曾
　　在这条路上送别朋友。”

我把脑袋耷拉到胸口，
　　很快地低语一句：
“骠骑兵啊！她已经离开了我!”
　　我长叹一声，又陷入沉默。

一滴眼泪悬挂在睫毛上，

随即落进了酒杯。
他大声嚷道："孩子，真不害臊，
竟然为一个姑娘落泪。"

"别说了，骠骑兵……唉！心在痛。
或许，你从来没有过痛苦。
哦！只要有一滴眼泪，
就能使酒杯沾上剧毒！"

# 致玛·安·德尔维格男爵小姐[①]

你才八岁，而我已满十七。
我也曾有过自己的八岁；
岁月流逝。在凄凉的命运里，
上帝知道，我为何成了诗人。
逝去的一切永不复返，
我已经衰老，但从不撒谎：
相信我，——唯有信仰才能拯救我们。
听我说：小爱神和你 样善良，
小爱神是个孩子，跟你一模一样——
到我这个年龄，你就是维纳斯。

倘若众神之神的宙斯
还能让我活着，
并且还善于辞令——
男爵小姐，我将为你

① 玛·安·德尔维格，普希金的同学的妹妹。

奉献一首拉丁风格的情诗，
精彩绝伦，毫不做作——
没有太多真正的赞扬，
却有很多真正的情感。
我将说道："啊，男爵小姐，
为了您的眼睛，为了那些
众人瞩目您的舞会，
请您对我哪怕望上一眼，
作为对往昔情诗的奖赏。"
等到小爱神和婚姻之神
前来祝贺我迷人的玛丽娅，
垂暮之年的我是否还能
奉献祝贺婚礼的颂诗？

# 阿那克利翁之墓

一切笼罩在隐秘的沉默中；

山冈披着黑色的外套；

一轮初升的新月

在明亮的云彩中间漫步。

我看见：坟墓的上空悬着竖琴，

在甜蜜的寂静中打着瞌睡；

偶尔才有忧伤的叮咚声，

仿佛可爱的靡靡之音

在死寂的琴弦上响起。

我看见：竖琴上栖息着小鸽子，

玫瑰簇拥着酒杯和桂冠……

朋友们，充满情欲的智者

就在这个世界上安息。

你们看：一把凿斧

就使他在斑岩石上复活！

他在这里照着镜子，感叹道：

“我已头发斑白，来日无多，

我必须要及时行乐，

唉，生命并非永恒的馈赠！”

于是，他抬手抚弄竖琴，

紧蹙眉头，神情庄重，

原本希望歌颂战争之神，

但唱出来的只是爱情。

此刻，他准备向大自然

偿还最后的债务：

老人跳起了轮舞，

祈求满足自己的欲望。

环绕着白发的情人，

少女们载歌载舞；

他从吝啬的时间那里

盗取了少许光阴。

于是，缪斯和美惠女神

把宠儿带进了坟墓；

常春藤和玫瑰交织的游戏，

也随之杳无踪影……

他消失了，仿佛短暂的快感，

仿佛快乐的爱情之梦。

凡人啊，你的世纪是一个梦：

赶紧抓住淘气的幸福；

行乐当及时，行乐当及时；

把你的酒杯斟满；

让炽热的情欲得到满足，

再捧着酒杯去休息！

## 致一位画家

美惠女神和灵感的孩子，
趁着心灵燃烧激情的时辰，
用你挥洒自如的多情笔
为我描绘我的心上人；

画出迷人的纯洁之美，
希望那可爱的线条，
天庭之乐的微笑，
和美本身的目光。

请将维纳斯的腰带
缠上赫柏①般纤细的腰肢，
用阿尔巴尼②隐秘的妙笔

① 赫柏，古希腊神话中的青春女神。
② 阿尔巴尼（1578—1660），意大利画家。

来凸现女皇的魅力。

以波涛般透明的薄纱
覆盖她颤动的胸乳，
让她在薄纱下调匀呼吸，
能够悄悄地叹息。

请展示爱情羞涩的幻想，
我心中秘藏的幻想，
以恋人幸福的手
在下方签署自己的名字。

## 给　她

艾尔维娜，亲爱的朋友！请递出你的手，
我行将枯萎，请打断这沉重的生活之梦；
请告诉我，我是否命中注定要忍受
　　长久的分离？我们是否能重逢？

难道我们再也不能相互眉目传情？
难道我的岁月将被永恒的黑暗所笼罩？
难道清晨再也不会垂顾我们，
　　享受不到爱情的拥抱？

艾尔维娜！为什么在黑黢黢的深夜
我不能欣喜若狂地将你抱紧在胸口，
不能用充满柔情的眼睛盯视着你，
　　并且因为激情而颤抖？

为什么听不到你甜蜜的低语和轻轻的呻吟，

在沉默的欢乐中，在抚爱的快感中；
为什么不能在幽暗里依偎着心上人悄悄入梦，
　　最终能够惬意地苏醒？

## 即兴致奥加廖娃

我默默地坐在你面前，

徒然地忍受着痛苦，

徒然地凝视着你：

幻想所表露的一切呀，

我无法将它如实倾诉。

# 窗

不久前的一个傍晚，
一轮凄清的月亮
流泻一道朦胧的光路，
我看见：窗口有位姑娘
若有所思地坐在那里，
怀揣着神秘的恐慌，
她惶惑不安地盯视着
山下那条漆黑的小路。

“我来了！”匆匆的一声，
姑娘战栗的手儿
怯生生地打开窗户……
夜幕遮住了月亮。
“幸运儿！”我一声感叹，
“欢乐在把你等待。
何时能有一个傍晚，
有人为我打开窗户？”

## 秋天的早晨

一阵喧嚣；田野的芦笛
打破了我幽居的宁谧，
伴随恋人可爱的倩影，
最后的梦幻飘然而逝。
夜的影子已经溜出天空，
朝霞升起，闪烁着昼光——
我的周围是一片空旷……
她已离去……我彷徨在岸边，
晴朗的黄昏，她经常在此漫步；
在岸边，在如茵的绿草地上，
我却找不到一点她的芳踪，
她美丽的纤足留下的足迹。
我忧伤地徘徊在密林深处，
不停地念叨着天使的名字；
我呼唤她，——只有空寂的山谷
远远地回应着这凄凉的声音。

我充满了幻想来到小溪旁；
溪水仍然在慢慢地流淌，
水面却不见那难忘的倒影。
她已离去！……我和心上人
暂别幸福，直到甜蜜的春天来临，
秋天那一只冰凉的手
摘除了白桦和椴树的树冠，
它在光秃的密林中喧响；
黄叶不分昼夜地在那里旋转，
白雾覆盖着冰凉的波涛，
偶尔划过秋风短促的唿哨。
田野，山冈，熟悉的密林！
啊，神圣的寂静守护神！
我那忧愁和欢乐的见证者！
你们已被遗忘……直到甜蜜的春天来临！

# 真　理

亘古至今，智者们一直在寻找
真理那被遗忘的痕迹，
他们无休无止地在解释
老人们代代相传的传说。
他们坚信："赤裸的真理
就秘密地潜伏在泉井深处。"
他们友好地畅饮着井水，高喊：
"一定能在这儿找到真理!"

可是，有人——死者的恩人
(仿佛就是醉汉老西林)，
成了他们愚笨的见证人，
不堪那井水和叫喊的折磨，
抛开了我们愚昧的念头，
他第一个想到了美酒，
举起了酒杯一饮而尽，
发现真理恰好在杯底。

# 哀　歌

倘若谁勇于承认自己
被激情所左右，谁便是幸运儿；
在前程未卜的命运之中，
羞怯的希望会把他爱抚；
月亮朦胧的光线把他引入
那激情澎湃的子夜时分，
忠实的钥匙会悄悄地
为他打开美人儿的房门！

可是我呀，在阴郁的生活中，
并不曾领略秘密爱抚的快感；
希望那早开的鲜花已经枯萎：
生命之花也因为痛苦而枯干！
青春即将忧伤地飞逝，
我也将面临衰老的威胁，
可是我呀，被爱情所遗忘，
又怎能忘却爱情的泪滴！

# 月　亮

为什么从云彩中走出来，
你这孤独的月亮，
让黯淡的光线穿过窗户，
投射到我的眠枕上？
你化身为朦胧的形象，
来激发阴郁的幻想，
和爱情那徒然的痛苦，
以及严厉的理性
都无法抑制的欲望。
远走高飞吧，回忆！
安睡吧，不幸的爱情！
那样的夜晚一去不返，
你再不会穿过黑暗的夜幕，
以你神秘而宁静的光线
淡淡地，淡淡地照亮
我爱人的美丽。

面对爱情，面对幸福，

面对它们隐秘的魅力，

这些情欲的快感算得什么？

快乐是否能飞回来？

光阴啊，为什么

如此之快地飞逝？

面对突然迸发的朝霞，

轻盈的影子为什么稀疏？

月亮，为什么开溜，

隐没在明亮的天空？

为什么曙光在闪烁？

为什么我和心上人分手？

# 歌　手

您可曾听见树林背后子夜的歌声，
那名歌手在倾诉爱情和忧伤？
晨曦初露，田野上一片寂静，
响起纯朴而凄凉的笛声，
　　　　您可曾听见？

您可曾遇见他，在空旷的黑树林中，
那名歌手在倾诉爱情和忧伤？
您可曾见到他的泪痕和微笑，
他温和的目光里充满了忧愁，
　　　　您可曾见到？

您可曾叹息，聆听着低沉的歌声，
那名歌手在倾诉爱情和忧伤？
当您在树林中见到那名青年，
遭遇那黯淡无神的目光，
　　　　您可曾叹息？

## 致摩耳甫斯[①]

摩耳甫斯，在天亮之前，
请赐予我痛苦爱情的快乐。
来吧，请熄灭我的灯，
请赞美我的幻想！
将离别这可怖的判决
从忧伤的记忆中抹除！
让我看见可爱的目光，
让我听到可爱的声音。
等到黑夜的迷雾疾驰而去，
你便告别了我的眼睛，
哦，但愿这颗心能忘却爱情，
直到又一个黑夜的来临！

---

① 摩耳甫斯，古希腊神话中的梦神。

## 恋人的话语

我在钢琴旁聆听丽拉的歌唱，
她的歌声迷人而缠绵，
仿佛吹来一阵夜晚的轻风，
那奇妙的忧伤正把我们抚爱。
我的眼泪夺眶而出，
我对可爱的歌手说道：
“你忧伤的歌声十分奇妙，
可是，我恋人的话语
比丽拉温柔的歌声更奇妙。”

## 心　愿

我的日子迟缓而艰难地流淌，
每时每刻，在我阴郁的内心
都滋长着那不幸的爱情的哀伤，
激发起各种各样疯狂的幻想。
但我默默无言，无人知道我的幽怨；
我暗自落泪，泪水给我以慰藉；
我的心灵啊，被忧愁所征服，
其中充满了痛苦的快感。
哦，生命的期限！飞吧，我不会遗憾，
在黑暗中沉没吧，空洞的梦幻；
我珍惜的是我爱情的磨难——
让我死去吧，且让我在爱情中死去！

## 致友人

诸神还会赐予你们

金色的白昼，金色的夜晚，

而慵懒的少女向你们

投去痴情的目光。

哦，朋友们，玩耍吧，歌唱吧！

请欢度你们短暂的良宵；

面对你们无忧无虑的欢乐，

我会含着眼泪露出微笑。

# 欣　喜

生命的花朵才绽放嫩芽，
就在窒闷的囚禁中枯萎，
青春悄悄地展翅远飞，
它的足迹是悲伤的烙印。
从我懵懂诞生的那一刻开始，
直到柔情脉脉的青年时代，
我从来不曾感受过欣喜，
阴郁的内心不曾有过幸福。

站在生活的大门口，
我焦急地向远方眺望：
“那边，那边有欣喜！”
可我追随的只是幽灵，
年轻的爱情初次显身，
张开一对金色的翅膀，
展示奇妙而温柔的娇美，

在我面前不断地翻飞。

我尾随而去……却无法抵达
那遥远而可爱的目的地！
何时才有欢乐赋予翅膀的片刻，
那稍纵即逝的幸福瞬间？
青春时代黯淡的烛台，
何时才能燃起明亮的灯火？
何时会有我女伴的微笑
照亮我晦暗的旅途？

## 致玛莎

昨天，玛莎下了一道命令，
让我为一段诗句押上韵脚，
给我一个许诺，表示感谢，
她将写一篇散文作为酬劳。

我赶紧去执行她的指令，
岁月一刻也不容延缓：
还有七年——那个允诺
你或许并不能兑现。

在聚会上，你将叉起双手，
端庄而恬静地坐在那里，
你为忧愁女神而献身，
从这个晚会飞向那个舞会。

啊，你再也记不起诗人！

哦，玛莎，玛莎，赶快——

为了我这四段诗句，

赶快写出对我的酬谢。

## 祝酒词

琥珀的酒杯
早已经斟满，
狂热的泡沫
闪烁并飞溅。
心儿觉得，美酒
比世界更珍贵；
但喝干这美酒
究竟为了谁？

莫非因为荣誉，
我一饮而尽，
可我们并非
出生入死的战友。
这一种欢乐
并不让人快乐，
友谊的醉意

令人晕头转向。

天庭的居民，
太阳神的祭司，
歌手们，畅饮吧，
为太阳神祝福！
淘气的缪斯，
她的爱抚是灾难；
灵感的水流
不过是清水。

畅饮吧，为了欢乐，
为了初恋的爱情——
青春在逃匿，
我的孩子们……
琥珀的酒杯
早已经斟满。
感恩的我呀——
只为美酒干杯。

# 阿那克利翁的酒杯

当我心存谦卑地
陷入古老的情欲，
请相信我，我瞧见
阿那克利翁的酒杯
正摆放在维纳斯的闺房。
杯中盛满了美酒。
周围是绿色的藤萝，
玫瑰和桃金娘，
那是享乐的皇后
亲手布置的花团锦簇。
在杯沿上，我发现
坐着忧愁的小爱神——
他闷闷不乐地望着
泡沫翻腾的液体。
“小淘气儿，对着
泡沫翻腾的液体瞧什么？”

我向丘比特问道：

“告诉我，为什么不作声？

难道你不想来一口，

还是你的手够不着？”

“不是的，”小家伙回答，

“我来到这海边玩耍，

可我的箭袋，连同弓箭

都掉进了大海，我的火把

也被紫红的波涛给淹没。

看哪，它还在海底闪烁呢；

但我并不会游泳。

唉，真倒霉——帮帮忙，

把它们从海里打捞上来！”

“噢，不，”我对爱神说，

“谢天谢地，它们掉进了大海，

且让它们待在那里。”

# 梦　醒

幻想，幻想，
你们的甜蜜在哪里？
你在哪里，你在哪里，
深夜的欢情？
快乐的幻梦，
消失得无影无踪，
我从梦中醒来，
在沉沉的黑暗中，
孤零零一人。
卧榻的周围
是静默的深夜。
转瞬变得冰冷，
转瞬便远走高飞，
爱情的幻想
如鸟群般散去。
但是，心灵

还充满了欲望，

希冀抓住

幻梦的回忆。

爱情啊，爱情，

听一听我的祈求：

请再一次送给我

那些个幻梦，

让我再一次

在梦中沉醉，

直到晨曦初露，

且让我死去，

不再从梦中醒来。

## 致卡维林

请忘记吧，我亲爱的卡维林，
那些随兴涂抹的无礼的诗句。
请你相信，我是第一个
喜欢上你那些幸福的过错的人。
一切都按照自己的顺序在运行，
都有自己的时限，自己的瞬间；
老人的轻佻固然可笑，
青年的稳重也十分滑稽。
趁我们还活着，及时行乐吧，
在我的回忆中自由漫步；
只管去膜拜酒神和爱情吧，
何必去理会那些嫉妒的诽谤和抱怨；

他们不知道：无论是基法拉琴[①]和回廊，
还是书籍和高脚杯，人们都能友好地相处；
　　而崇高的智慧也可能伪装成
疯狂的胡闹，隐藏在轻浮的面具下。

① 基法拉琴，古希腊的一种弹拨乐器。

# 哀　歌

　　年轻的朋友们，我又是你们的了！
阴霾密布的离别日子已经消逝：
你们的手又再度伸给自己的兄弟，
我又一次看到了你们活泼的团体，
依然是你们，但心灵已不同于从前：
它最珍视的已不再是你们，
我也不再是从前那一个……无忧的欢乐时光
已经沿着无形的小路远走高飞，
永远地飞走，在我的头顶
闪烁的是飞逝的生活之晨曦。
欢乐已经与灵魂永远分离。
我已经被嫉妒的命运所抛弃，
微笑、欢乐、游戏和宁静——
已被我全数忘却；沉默的悲伤
像一块幕布盖住了年轻的脑袋……
你们徒然地进行逗笑的谈话，

以你们能言善辩的温情
来打破我沉重的噩梦，
一切过去了，——在我的内心，
幸福的嬉闹没有留下任何痕迹。
你们徒然递给我一把竖琴，
为的是驱赶沉重的痛苦；
往昔的幻想已经灰飞烟灭，
在没有感觉的琴弦上，歌声已经死亡。
我看到眼前只有一种悲伤！
世界令我感到恐怖，昼光令我感到寂寞；
我将走进没有生命的森林，
一片死寂的黑暗，——我憎恨欢乐；
它那往昔欢乐的痕迹已经冻结。
昨日玫瑰的花瓣，你们已经凋落！
直到月亮升起之前，不再开放。
你们已经消逝，我欢乐的日子！
你们已经消逝——我情不自禁流下眼泪，
在这阴郁的早晨，我即将凋落。

　　哦，友谊！请将我遗忘；
我将默默地服从命运的劫数，
且让我承受心灵的痛苦，
且让我承受眼泪和荒漠。

## 致一位年轻的寡妇

丽达，我忠实的朋友，
为什么，因温存而疲倦的我，
经常听到你低低的呻吟
透过轻浅的梦境传来？
为什么，在幸福的爱情中，
你却看到可怖的幻境，
将呆滞而胆怯的目光
全神贯注地投向黑暗？
为什么，当我沉醉
在如火如荼的爱情中，
我偶尔还会发现
你偷偷地流着眼泪？
你心不在焉地听着
我火热的倾诉，
冷漠地握着我的手，
目光是那么冷漠……

哦，无比珍贵的女友！
莫非你永远要以泪洗面，
莫非你永远要将亡夫
从坟墓中唤出？
相信吧，墓中囚徒
那寒冷的梦永不会苏醒；
他也不知可爱嗓音的可爱，
他也体会不到哀吟中的伤悲；
友谊真挚的泪水，
情人羞怯的呼唤，
墓前玫瑰，青春的甘洌，
宴饮的热闹，都与他们无关……
你那难以忘怀的亡友
早已发出死亡的叹息，
啊，他沉醉于至高的幸福，
在你的胸口进入梦乡，
被加冕的幸运儿正在安睡；
相信爱情吧，我们无罪。
放心吧，那愤愤不平的嫉妒者
不会从永恒的幽暗中走出来；
响雷也不会惊扰静夜，
贪得无厌的影子
也不会靠近恋人的身边，
去唤醒沉睡的日子。

## 无所信仰

啊，你们曾经尖刻地加以谴责，
认为阴郁的无所信仰是一种恶习，
请你们怀着惊恐之心躲开这个人吧，
他自幼就疯狂地扑灭了快乐的心灵之光；
请克制你们残酷的傲慢之狂怒：
他有权得到你们宽厚的原谅，
得到同情的泪水；听一听兄弟的呻吟吧，
这不幸者并非恶棍，他也在忍受痛苦。
人世间有谁能抚慰他痛苦的心灵？
唉，他已经丧失了那最初的慰藉！
你们瞧见的他，——并不是每天
给虚荣心送去虚假影子的那个人，
而是在家庭的安谧中，在亲情的屋檐下，
他和友谊在交谈，他和阴郁的幻想在交谈。
你们可以在那里找到他，污浊的小溪
在赤裸的原野上缓缓地流淌；

古老的松树投下秘密的荫覆，
潮湿的苔藓上铺满永恒的影子。
你们瞧：他怀着一颗颓萎的心灵在徘徊，
正忍受着可怕的空虚的煎熬，
时而流淌着忧郁的泪水，时而是怜悯的泪水。
他徒然地寻找着消遣的沮丧；
徒然地在豪华中寻找自由的朴素，
自然之美徒然在他面前展示；
他徒然地以忧郁的目光环顾四周：
理智在寻找神性，心灵却毫无兴趣。

　　无论他遭受了沉重命运的打击，
被突然剥夺了短暂赐予的幸福，
还是在爱情和友谊中发现了背叛，
他都会领悟到那欺骗的价值——
失去了所有的支撑，这无所信仰的儿子
惊恐地发现他在世间孤独的处境，
一只携带着世界之馈赠的巨手，
并不曾从世界之外向他伸去……

　　不幸、激情和羸弱的儿子们，
我们天生就注定要走向可怕的坟墓。
脆弱的锁链随时都可能被粉碎；

我们的一生是虚妄的日子和短暂的激动。
一旦冰冷的黑暗把我们恐怖地拥抱，
死亡的时辰把永恒的帷幕来摇动，
可怕的是去感受最后的泪滴的辛酸——
随即与这个世界默默地诀别！
那时，你和破碎的心灵进行交谈，
哦，信仰，你站在坟墓的门口，
你悄悄地为它照亮墓穴的暗夜，
满怀希望把兴奋的暗夜释放……
可是，朋友们！更可怕的是比朋友长寿！
唯有信仰在安静中以它的快乐
来振奋沮丧的精神和心灵的冀求。
“时辰已到”，它说道，“注定的约会！”

　　而他（盲目的智者！），对着灵柩呻吟，
这不幸者失去了生活的欢乐，
他再也无法倾听希望甜蜜的致意，
他走近灵柩，呼唤……没有回应！

　　你们是否已经看见他，站在无声的地方，
那里腐烂着他的亲友们的遗骸？
你们是否已经看见他，站在冰冷的坟墓之上，
那里埋葬着温柔的黛丽娅可爱的骨灰？

他毫无感觉的头颅倚靠着十字架，
不时发出一声声低沉的呻吟，
他在哭泣——但这些泪水与以往不同，
不是受难的眼睛感到甜蜜的泪水，
不是心灵珍视自由时的泪水，
而是绝望的泪水，冷酷的泪水，
在恐怖的沉默中，在残暴的疯狂中，
他在颤抖；与此同时，在幽暗的柳树荫下，
一位年轻的姑娘怀着平静的忧伤，
双膝跪倒在母亲的坟墓旁边，
对着天空投去病态而温柔的目光，
她就像痛苦的天使一般出现，
孤零零的，沐浴着朦胧的月光；
她缓缓地叹息着，拥抱着坟墓——
周围的一切都很安谧，仿佛在倾听。
这个不幸者默默地看着她，
摇了摇头，一边颤抖，一边逃跑，
他逃离得很远，但忧伤依然尾随着他。

　　他随着众人走进了上帝的教堂，
那里也只能增加灵魂的烦恼。
面对古老祭坛豪华的礼仪，
面对牧师的嗓音和甜蜜的合唱，

无所信仰的痛苦更令他不安。
无论、无论何处，他都找不到秘密的上帝，
怀着一颗黯然的灵魂置身于圣地，
他冷漠地对待一切，不再会感动，
他懊丧地聆听安静的祈祷辞。
他想道，“幸运的人们！在这寂静中，
为什么我无法忘却狂暴的激情，
无法忘却虚弱而严密的理智，
怀着唯一的信仰拜倒在上帝脚下！”

　　心灵徒然的呼喊！不，不！他注定
体会不到幸福！只能无所信仰，
那忧郁的领袖，沿着生活之路，
在黑暗中把不幸者带向坟墓冰冷的大门，
在坟墓的荒凉中，有什么在呼唤他——
谁知道呢？但在那里，他看见的唯有安宁。

## 致德尔维格[1]

　　凭借爱情、友谊和慵懒
　　来躲避烦恼和灾难，
　　请在可靠的浓荫下生活吧；
隐居的你是幸福的：你是诗人；
诸神的密友不惧怕凶恶的风暴：
他们崇高而神圣的旨意在他头顶盘旋；
年轻的缪斯唱起催眠曲哄他入睡，
用手指按住他的双唇，守卫他的宁静。
哦，亲爱的朋友，诗歌的女神
　　也曾经将灵感的火花
　　注入我年轻的胸膛，
　　并指出了秘密的道路：
　　我孩提时代就能领悟
　　竖琴那迷人的声音，

① 德尔维格（1798—1831），普希金的同学。

竖琴也就成了我的宿命。

但你们去了哪里，迷醉的瞬间，

不可思议的心灵激情，

还有激动人心的劳作与灵感的泪水！

我肤浅的才能像轻烟一般飘散。

我过早引来了嫉妒那血腥的目光，

以及恶毒的诽谤那无形的匕首！

不，不，无论是幸福还是荣誉，

甚至对赞美的高傲渴盼

都不再能吸引我！在幸福的闲散中，

我将忘却亲爱的缪斯，那折磨我的女神；

可是，一旦听到你的琴弦发出声响，

我或许会在无言的欣喜中轻叹一声。

## 致丽达的信

一旦温厚的黑暗在我们头上
张开一顶安谧的帷幕，
时间在缓慢的时钟上，
把指针推向子夜，
一种幸福的爱情
在自然的寂静中无法入睡——
那时，我又一次离开
我的囚室的沉默穹顶……
剩余时光的飞逝
令我感到痛苦不堪——
但阿耳戈斯[①]很快将入睡，
我相信了背叛的城堡，
我来到了你隐蔽的住处……
凭借我急促的脚步，

① 阿耳戈斯，古希腊神话中的百眼巨人。

凭借充满情欲的沉默，

凭借鲁莽的战栗的双手，

凭借炽热的呼吸，

以及灼烫而温柔的嘴唇，

请辨认出你的情人——我的

欣喜，我的欢乐已经来临！……

哦，丽达，倘若因为幸福、

惬意和爱情而死，那该多么美好！

## 题纪念册

爱情将消逝，欲望将死去；
冰冷的世界会使我们分离；
谁能记得秘密的相会，
往昔时光的幻想和欣喜？
且让我在回忆的纸页上
为它们留下轻淡的痕迹。

# 题伊利切夫斯基[1]的纪念册

我的朋友！我是一个无名诗人，
虽然还是一名东正教信徒。
灵魂不朽，这无可争议，
我的诗歌并没有这样的好运——
我行我素的缪斯的歌声，
年轻好动的岁月的娱乐，
都会像欢娱中止一般消亡，
而尘世再也不会伤害我们！

唉！我仁慈的天才
非常清楚，我宁肯
以自己作品的不朽
来取代灵魂的不朽。

---

① 伊利切夫斯基（1798—1837），普希金的同学。

我们无法控制自己的命运，
毫无疑问，至少而言，
灵感这一草率的果实，
无须签名，在你的手上，
在友谊朴素的纪念册上，
将逃脱遗忘这普遍的遭遇……
但是，任凭那被你的友谊
所激活的工作成为徒劳——
任凭我的诗歌速朽——
心灵的声音，坚贞的情感
一定会比它们活得更长久！

## 医院墙壁上题词

这儿躺着一名生病的学生；
他的命运啊无可变更。
请把所有的药品尽数扔弃：
爱情的病症啊无可救药！

## 题普辛[①]的纪念册

将来某一天，你看一眼我曾经

　　为你写下的秘密一页，

你会被强烈而甜蜜的幻想所激发，

　　飞回皇村中学的某个角落。

你将回忆少年时代飞逝的时光，

平静的囚居生活，六年的朝夕相处，

悲伤，欢乐，和你灵魂的幻想，

朋友间的争执和甜蜜的和解——

　　过去的一切不再重现……

　　伴随悄悄流淌的伤心泪水，

　　你将回忆起自己的初恋。

我的朋友，它已逝去……可是，早年的友谊

并不是淘气的幻想所缔结的同盟；

① 普辛（1798—1859），普希金的同学，后成为十二月党人。

在严酷的时间面前，在严酷的命运面前，

哦，亲爱的朋友，友谊永恒！

## 致书信

里面有我的欢乐；在我弥留之际，

请让它紧贴我失去知觉的胸膛：

　　或许，亲爱的朋友们，

　　或许，心脏会重新跳荡。

# 梦 境

不久以前，我沉湎于一个迷人的梦境，
头戴灿烂的皇冠，我成了一名皇帝；
　　我梦见，我钟情于你——
　　心儿因为欢乐而跳动。
我匍匐在你脚下兴奋地倾诉衷肠。
幻想！啊！你们为何不再延长幸福?
可诸神并没有在此刻剥夺我的一切：
　　我仅仅是丢失了我的帝国。

# 她

“你如此忧伤；告诉我，发生了什么事？”

“我在恋爱，朋友！”“是谁俘获了你的心？”

“她。”“她是谁？甘蕾卿，赫洛娅，还是丽拉？”

“哦，都不是！”“你的灵魂到底给了谁？”

“唉，她呀！”“你太过谦逊，我的好朋友！

可是，你究竟因为什么变得痛苦不堪？

谁的过错？丈夫，父亲，当然……”

“都不是，我的朋友！”“怎么回事？”“我呀，不是她的他。”

## 老　人（译自马洛）

我已不再是那个热情冲动的恋人，
不再为从前那个世界感到惊奇：
我的春天和美丽的夏天
永远消逝，不曾留下一丝痕迹。
阿穆尔，我青春时代的神啊！
我曾经是你忠实的仆人；
唉，倘若我能再一次诞生，
我甘愿重做你的奴仆。

## 致黛丽娅

哦，亲爱的黛丽娅！
快来吧，我的美人儿！
金色的爱情之星
已经升上了天空；
月亮在默默地滚动；
快来吧，你的阿耳戈斯已走远，
梦神已经阖上了他的眼睛。

一片寂静的橡树林，
在秘密的树荫下，
淌过一条僻静的溪流，
闪烁着银色的涟漪，
应和着菲罗墨拉忧伤的歌声，
这正是爱情幽会的场所，
月亮的清辉将它照得通明。

　　夜影像一块幕布

　　把我们笼罩，

　　树荫在打着瞌睡，

　　爱情的瞬间

在飞逝，——我的欲望在燃烧，

快来相会吧，哦，黛丽娅！

赶快投入我的怀抱。

# 黛丽娅

是你在我面前吗？
我的黛丽娅！
与你分别以后——
我流过多少泪呀！
真是你在我面前吗，
或者仅仅是一个梦
在把我引诱和欺骗？

你认出了老朋友吗？
他已不再像从前；
可是，我的女友啊，
他一直铭记着你——
伤心人不断地念叨：
“爱人是否还爱着我，
就像从前一样？”

如今，有什么还能
比我的命运更凄惨！
哦，有一颗泪珠儿
在你的脸颊上滚动——
黛丽娅在害羞？……
如今，有什么还能
比我的命运更凄惨！

## 酒　窖

啊，可怜可怜我吧，
我的朋友和同学！
一名蛮横的美人儿
让我受尽了折磨。

我时刻感到忧伤，
我的命运真是不幸，
请把酒杯给我拿来，
然后把酒窖打开。

那里有成队高傲的酒瓶
在冰块中间隐藏，
从远方订购来的黑啤酒
也保存着一小桶。

酒神有点儿口吃，

向我们指明了路径，——
我们踉跄着走去，
在酒桶下全部睡倒！

在酒桶中有心灵的慰藉，
还有对歌手的奖励，
也有对爱之痛苦的忘却，
和能够止息诗歌的灼热。

# 好奇者

"有什么新闻?""嗨，没什么。"
"喂，别隐瞒了：你肯定知道点什么。
你永远瞒着朋友，就像瞒着仇敌，
难道你就不会感到害羞?
或许你生气了：兄弟，为了什么呀?
别固执了：告诉我，哪怕一句话……"
"唉！别缠着我了，我只知道一件事，
你是个笨蛋，可这早已不是什么新闻。"

## 凉亭上的题词

年轻的旅人，到这儿来吧，
请带着你那虔诚的心灵，
这儿是爱情空旷的幽会场所。
我一度在此领略过爱情的幸福——
在甜蜜的激情中燃烧殆尽，
甚至就连时间本身
也为我们暂停了片刻。

## 诗匠的墓志铭

死者克里特上不了天庭：

他在人间犯下深重的罪孽。

但愿上帝能忘掉他的罪行，

正如世人已经忘却他的诗歌。

# 你的和我的

天才知道，为什么哲学家和诗人们
一直在为“你的”和“我的”大动肝火。
我才懒得和那一帮博学者争论，
我也没有什么理由来呵责这两个单词，
它们给了我无尽的快乐和平静，
呵，倘若你不是“我的”又怎么办?
呵，尼莎，倘若我不是“你的”又怎么办?

## 别了，忠实的橡树林

别了，忠实的橡树林，
别了，田野上无忧的宁静，
还有如此匆匆流逝的岁月
那飞翼轻展的欢乐！
别了，三山村，我在这儿
曾经与欢乐有过无数次相会！
难道我品味过你们的甜蜜，
只为了与你们永远分离？
我从你们那里带走记忆，
把我的心儿留给你们。
或许（一个甜蜜的幻想！）
我会重返这一片田野，
再度躲进椴树的浓荫下，
登上三山村的小山冈，
我这友谊的自由的崇拜者，
膜拜欢乐、优美和智慧。

## 致奥加廖娃（大主教曾赠送她自家花园的果实）

一个大言不惭的大主教，
把自家花园的果实送给你，
显然，他希望我们相信
他就是自家花园的上帝。

你可是无所不能啊——美神
以微笑战胜了可怕的衰老，
让大主教的头脑发昏，
在心底滋生了情欲的烈焰。

哦，他一见你迷人的眼神，
便忘掉了自己的十字架，
面对你出自天堂的美丽，
开始温柔地吟唱祷词。

## 致——

不要询问，为什么在欢娱时刻
我常常会感到郁闷和伤感，
为什么我会用忧郁的眼神看待一切，
为什么我并不喜欢甜蜜的生活之梦；

不要询问，为什么冷却的心灵
已经厌倦了那快乐的爱情，
再也不会对任何人说亲爱的——
爱过一次，我的心已如止水。

品尝过一次幸福，再无幸福可言。
幸运光顾我们只有短暂的瞬间：
青春、欢乐和情欲稍纵即逝，
留下的唯有忧郁……

## 不曾到过异邦却心存向往

不曾到过异邦却心存向往，
而对熟悉的故土却诸多责难，
我总在说：在我的祖国，
哪里有真正的智慧，哪里有天才？
哪里有灵魂高贵的公民，
为炽热的自由而大声疾呼？
哪里有这样的女人——热情、迷人，
又生动活泼，她的美丽并不冷酷？
哪里能找到无拘无束的交谈，
快乐、自由，而又才气横溢？
我和谁无须作冰冷而空洞的应酬？
祖国啊，几乎让我感到了仇恨——
可是，昨天，我见到了高利金娜，
从此，我不再对祖国有任何怨言。

## 致　她

在忧郁的无聊中，我遗忘了竖琴，
梦幻中的想象力也不再擦燃火花，
我的天才携带着青春的礼物飞去，
心儿缓慢地冷却，随即关闭。
我再度呼唤你们，我春天的时光，
在寂静的浓荫下消逝的你们，
那友谊、爱情、希望和伤感的时光，
当我，这诗歌的平静的崇拜者，
伴随幸福的竖琴低声地吟唱，
歌唱爱情的激动，离别的忧伤——
　　橡树林的呼啸向着群山
　　　　传递了我沉思的声响……

徒然的事！我承载着可耻的懒惰，
不由自主地陷入冷漠的瞌睡，
我逃避欢乐，逃避亲爱的缪斯，

热泪盈眶地告别了荣誉！

　　但突然，仿佛一道闪电，

　　青春在衰颓的心中点燃，

　　我的心苏醒，重新复活。

再度充满了爱情的希望、悲伤和欢乐，

一切又欣欣向荣！生命让我在战栗；

　　重新成为大自然激动的证人，

我的感觉更舒畅，呼吸更自由，

　　更加为美德所着迷……

　　赞美爱情，赞美诸神！

甜蜜竖琴那青春的声音再度响起，

我要把复活的琴弦那响亮的颤音

　　呈现到你的脚底！

## 自由颂

走吧，快从我的视线里消失，
西色拉岛软弱的皇后！
你在哪里，帝王们的雷霆，
自由的高傲的歌手？
来吧，摘除我头上的桂冠，
摔碎我娇弱的竖琴……
我要对世界歌唱自由，
我要抨击皇位的罪行。

请向我指出那个高卢人
他那崇高而尊贵的足迹，
在充满荣耀的灾难中，
你使他唱出勇敢的歌儿。
无常命运的宠儿们，
世间的暴君！颤抖吧！
而你们，跪拜着的奴隶，

听呀，振作起来，奋斗吧！

唉！无论我的目光投向何处，
到处是皮鞭，到处是锁链，
到处是法律致命的耻辱，
到处是奴隶无力的泪水；
到处是不公正的权力，
在偏见浓重的阴霾里，
登上皇位的是——严酷的
奴役天才和致命的荣誉激情。

倘若想在帝王们的脑袋上，
不再见到人民的苦难，
唯有让神圣的自由
与强大的法律紧密相连；
唯有坚实的厚盾维护大众，
公民们忠实的双手
紧握利剑，不徇私情地
掠过一颗颗平等的脑袋，

那高高在上的罪行，
将被正义的一击打翻在地；
那只手不被贪婪所害，

也不会为恐吓所屈服。
统治者啊！是法律而非自然
给了你们皇冠和宝座，
你们虽然高居人民之上，
但比你们更高的是法律。

啊，不幸，是民族的不幸，
倘若法律不慎打起了瞌睡，
倘若人民或者帝王们
可以随意支配法律！
我要请你来做证，
哦，光荣的错误的蒙难者，
因为祖先，你帝王的头颅
跌落在不久前的风暴里。

在沉默的后代的面前，
路易走向了死亡，
那颗卸下了皇冠的头颅
搁放在背信的断头台上。
法律在沉默，人民在沉默，
罪恶的斧子落下……
于是，在被缚的高卢人身上
覆盖了一件凶手的紫袍。

你这专横跋扈的恶棍啊！
我憎恨你和你的宝座，
我带着一丝残忍的喜悦，
观看你的毁灭和子女的死亡。
各民族人民将在你的额角
读到人民诅咒的印痕，
你是世界的灾星和自然的耻辱，
你是人间对上帝的亵渎。

一颗子夜的星辰照耀着
黑黢黢的涅瓦河，
一场宁谧的美梦笼罩着
一颗无忧无虑的头颅，
沉思的歌手正在凝视
暴君荒凉的纪念碑，
一座荒废已久的皇宫，
它们还威严地安息在雾中。

他在可怕的宫墙背后
听见克利俄①恐怖的声音，

---

① 克利俄，古希腊神话中司历史和史诗的神。

卡里古拉[①]临终的一刻
活生生地浮现在眼前，
他看见，披挂着绶带和肩章，
走来一群诡秘的凶手，
充满了醉意和愤恨，
脸上是蛮横，内心却懦弱。

不忠实的警卫默然不语，
吊桥悄悄地落下来，
一只被收买而背叛的手
在黑夜里打开了大门……
啊，耻辱！啊，我们时代的惨剧！
闯进了野兽般的近卫军！
开始了可耻的袭击……
戴皇冠的恶棍死于非命。

牢记这个教训吧，哦，帝王们：
无论是惩罚，还是奖赏，
无论是血腥的牢房，还是祭坛，
都不能成为你们坚固的屏障。
请在可靠的法律的浓荫下，

① 卡里古拉（12—41），古罗马的一位暴君，后被近臣所杀。

首先低垂下你们的头颅，

人民的自由和宁静，

才是宝座永远的卫兵。

## 致高利金娜公爵夫人[①]（并赠以《自由颂》）

我是自然纯朴的孩子，

曾经，我热情地歌唱

自由那美妙的幻想，

呼吸过它甜蜜的气息。

可我见到了你，听到了你，

结果呢？……我是个软弱的人！

顷刻就永远失去了自由，

心儿热烈地向往囚禁的生活。

---

① 高利金娜（1780—1850），普希金的女友。

1818

## 何时能再度握紧这只纤手

何时能再度握紧这只纤手？

这只手曾经赠你美神的《圣经》，

离别之后，在孤寂的旅途上，

你可以悉心阅读这部《圣经》。

在西色拉岛青春游戏的档案中，

小爱神找到了这本书。

怀着虔诚的心灵，

捧着它向维纳斯祈祷吧。

别了，伊壁鸠鲁的信徒！

愿你永远像现在这样，

飞向阴郁的阿尔比昂！

呵，基督和丘比特

会在异国他乡保佑你！

请把自己的家神带往异乡，

但是，不要忘记从前的岁月，

要爱这失去童真的兄弟，

这敏感爱情的受难者！

# 康　复

　　亲爱的朋友，我见到的是你吗？
莫非这只是一个飘忽的梦幻，
朦胧的幻想，或者是炽热的疾病
以欺骗来刺激我的想象力？
在身患重病那些阴郁的日子里，
莫非是你，温柔的姑娘，一身戎装，
显出可爱的笨拙，站在我的床前？
是的，我看见了你；我迟钝的目光
认出了戎装下那熟悉的美丽：
我用柔弱的低语呼唤我的女友……
但阴郁的幻想又集聚在我的脑海里，
我用衰弱的手在迷雾中将你寻找……
哦，突然，在我灼热的额头，我感到了
你的呼吸，你的眼泪和你的湿吻……
　　不朽的举动！满怀激动的欲望，
生命的火焰在我的心头疾驰而过！

我热血沸腾，我在颤抖……
残忍的朋友！你用狂喜来折磨我，
来吧，用爱情来毁灭我！
趁着寂静的良宵，
显身吧，妙人儿！让我再一次看到
你威严的军帽下天使一般的眼睛，
你的斗篷和武装带，
以及军靴装饰下美丽的脚踝……
别再迟疑，快点儿，我迷人的战士，
快来吧，我等着你：诸神又一次
赠送给我健康的厚礼，
同时也给了我甜蜜的烦恼，
那神秘的爱情和青春的游戏。

## 题茹科夫斯基[1]的肖像

他写下的诗歌有迷人的芬芳，
将流入无数世纪艳羡的远方，
哦，聆听它们，青春将为荣誉而叹息，
而沉默的悲伤也会倍感慰藉，
嬉戏的欢乐则会陷入沉思。

---

① 茹科夫斯基（1783—1852），俄罗斯诗人。

## 致一位幻想家

你在痛苦的激情中找到了快感，

　　流泪让你感到舒畅；

希冀用徒然的火焰来折磨想象力，

在心灵深处隐藏安谧的忧愁。

请相信，你不是在爱，天真的幻想家。

哦，倘若爱情那可怖的疯狂

找到了你，忧情的寻索者，

爱的毒素在你的血液中沸腾；

你漫漫长夜里无法入眠，

躺在床上，忍受着忧愁的撕裂，

　　你渴望那骗人的安宁，

　　徒然地紧闭悲伤的眼睛，

放声恸哭，拥紧了滚烫的被子，

在欲望成空的疯狂中日益憔悴——

　　请相信，那时你再也不会

　　有不切实际的幻想！

不，不，你会以泪洗面，

匍匐在傲慢情人的脚下，

脸色苍白，痴呆地战栗着，

你会冲着诸神大声吼叫：

“诸神啊，请交还我黯淡的理智，

把这致命的形象带走；

我已爱够了；请让我安静……”

可是，黯淡的爱情和难忘的形象

永远伴随着你一生。

## 致纳·普柳斯科娃[①]

在这把质朴而高贵的竖琴上，

我从不赞美人间的诸神，

我满怀着自由的高傲，

从不供奉谄媚的香炉。

我只会高声歌唱自由，

只向自由奉献我的诗歌，

我那羞怯的缪斯呀，

生来就不会取悦帝王。

不过，我承认，在赫利孔山下，

在卡斯塔里泉水迸涌的地方，

阿波罗赐予我灵感，

我要悄悄地歌唱伊丽莎白。

人间天堂的见证人，

我满怀一颗燃烧的心，

---

① 普柳斯科娃（1780—1845），亚历山大一世的皇后伊丽莎白的宫女。

歌唱皇位上的美德，

以及它庄重的美丽。

爱情和秘密的自由

让心灵唱出质朴的颂歌，

我这收买不了的歌喉

是俄罗斯人民的回声。

## 墓志铭

他的历史巨著行文优雅而朴素，

并且不怀任何偏见，向我们证实：

　　专制制度的必要

　　　　以及鞭子的魅力。

## 致一位魅惑的女郎

为什么要有如此华丽的打扮，
如此温婉的嗓音和目光，
让一颗年轻的心为之燃烧？
并且用甜蜜而轻柔的责备
轻而易举地赢得这场胜利？
为什么要有虚情假意的温柔，
佯装一副欲说还休的模样，
举止里充满慵懒的风流，
嘴唇在颤抖，两颊微露红晕？
这狡猾的努力徒劳无功：
罪恶的内心没有生命……
我给你命定的回答
是愤怒那自发的寒意。
在黑夜的幽暗中，有谁
不曾拥有过你傲慢的美丽？
请问：你那可耻的住宅

那价格昂贵的大门，

有谁不曾敢大胆地拍击？

不，不，魅惑的女郎，

把枯萎的花冠赠送给别人吧；

去抚爱涉世不深的恶少，

让他疲惫地倒在你的怀中；

可是，要放弃你傲慢的计划：

你不可能引诱缪斯的学生

倚靠在你背信弃义的胸口。

给别人带去你租赁的合约，

去跟别人做爱情的交易吧，

献上你贪财的冰冷的亲吻，

和你那勉为其难的欲望，

以及用金钱可以购买的热情！

## 致恰达耶夫

爱情、希望和安详的光荣，
这些骗局只能暂时给我们温存，
青春的欢乐已经烟消云散，
如同一阵朝雾，一场美梦。
但愿望还在我们心头燃烧，
在不幸的专制政权的压迫下，
我们怀抱一个焦灼的灵魂，
热切倾听着祖国的召唤。
我们忍受着期盼的痛苦，
等待着神圣的自由时光，
仿佛一个年轻的恋人
等待他守信的约会。
趁我们胸中还燃烧着自由，
趁正直的心儿还在跳荡，
我的朋友，向祖国呈献
心灵深处美好的激情！

同志，相信吧，迷人的幸福

这颗明星将悠然升起，

俄罗斯也会从梦中惊醒；

而在专制制度的废墟上，

将烙刻上我们的姓名！

1819

## 致奥·马松

　　奥尔加，你这爱神的教女，
奥尔加啊，美的奇迹，
你多么地习惯于挥霍柔情，
又多么地习惯于诉说委屈！
你那充满了情欲的热吻
让我们的心灵骚动不安，
你预先约定的秘密时刻
给人无限诱惑的幸福。
我们满怀爱情的狂热，
按照约定的时间奔跑着
去敲门，——但敲上一百次，
我们才听到你狡猾的低语，
侍女们睡意惺忪的抱怨，
还有一声讥嘲的拒绝。

为了快活的放荡，
为了普里阿普斯[①]的怪念，
为了享受，为了黄金，
为了你迷人的魅力，
奥尔加，快感的女祭司，
请听一下我们热恋的哭泣——
我们来做一个可靠的约定吧，
拥有一个狂欢之夜，遗忘之夜。

① 普里阿普斯，古希腊神话中的园艺、牧业、渔业、酿造之神，也是性爱之神。

# 多丽达

我喜欢多丽达那一头金色的鬈发，
我喜欢她苍白的脸庞和蔚蓝的眼睛。
昨夜，我辞谢了朋友们的盛筵，
在她的怀里全身心地啜饮温存；
疾速的高潮一波又一波地滚过，
欲望之火方才熄灭，又被重新点燃；
我溶化了；可是，在飘忽不定的黑暗中，
我却看见了另外一个可爱的形象，
哦，我的内心便充满了秘密的忧伤，
我的嘴唇低声念叨着别人的芳名。

# 乡　村

你好啊，荒凉偏僻的角落，
安宁、劳作和灵感的场所，
我无形的岁月之河在此流淌，
　　流进幸福和忘情的怀抱。
我是你的：我放弃了女人的温柔乡，
豪华的盛筵，欢娱和游戏，
赢得树林宁谧的絮语和田野的安静，
赢得自由的闲散，沉思的女友。

　　我是你的：我爱这一座花园，
　　幽深，清凉，百花盛开，
我爱这一片草坪，堆满了芬芳的草垛，
清澈的小溪在灌木丛中淙淙流淌。
我的面前到处是活动的画面：
我看到两个湖泊蔚蓝的水面，
渔夫的船帆偶尔闪烁着白光，

对岸是起伏的山冈和连绵的平原，

　　远处散布着一座座农舍，

在潮湿的湖岸上，走动着成群的牛羊，

烘烤房轻烟缭绕，磨坊的风车在旋转；

　　到处是富足和劳动的景象……

就在这里，我摆脱了无聊生活的枷锁，

学习从真理中间寻找幸福，

以一颗自由的心灵来崇尚法律，

不再理会群氓们的窃窃私语，

对羞怯的诉求回报以同情，

　　不再艳羡恶棍和蠢材的命运，

唾弃他们不义的趾高气扬。

历代的圣哲啊，我在这里向你们请教！

　　在这神圣的穷乡僻壤，

　　你们欢乐的声音更加响亮；

　　它驱散了懒惰那阴郁的幻梦，

　　让我内心产生劳作的热情，

　　而在灵魂深处逐渐滋长了

　　你们那些创造的思想。

可是，一个可怕的思想却让灵魂感到不安：

在葱茏的田野和群山中间，
人类的朋友将伤心地发现，
到处是蒙昧那致命的耻辱。
不见泪水，也不听呻吟，
命运选中的野蛮老爷是人们的灾星，
他们既没有情感，也无视法律，
只会用强制的鞭子去掠夺
劳作、财产和农夫们的时间。
屈从于鞭子，扶着他人的耕犁，
沿着铁石心肠的地主的田垄，
羸弱的奴隶挪移着脚步。
所有人在此背负重轭直到走进坟墓，
心底不敢存有任何希望与爱好，
少女像鲜花似的开放，
只是为了满足无情恶棍的玩弄。
衰老的父辈们至亲的依靠，
年轻的子弟，劳动的同志，
只能离开自己的茅屋，
去扩充苦难奴隶的数目。
哦，但愿我的歌声能触动心弦！
为什么命运不曾赐予我能言善辩的才能，
只让无用的激情在我的心中燃烧？
哦，朋友！我能否见到：人民获得解放，

在沙皇的首肯下，农奴制被废除，
在我的祖国上空，灿烂的自由
那美丽的霞光终于冉冉升起？

## 未完成的画作

谁的思想在喜悦地猜测，
怎样发现美的秘密？
哦，天哪，这天堂的形象
究竟是什么人的手笔？

是你，天才！……但爱的痛苦
已将他击倒。沉默的眼神
向自己的创造投去一瞥，
就像燃烧的灵魂一般而消隐。

## 美人鱼

在湖畔，在幽僻的树林中，
曾经有一个僧人在修行，
他吃斋、祈祷和劳作，
终日忙于自己的功课。
长老用一把简陋的铲子，
为自己掘好了坟墓——
他祈求着上帝的圣徒，
只是为了梦寐以求的死。

夏日的一天，隐士
站在破败茅屋的大门前，
默默地向上帝祈祷。
树林愈来愈幽暗；
湖面上缭绕着轻雾，
天上一轮红色的月亮
在云彩中悄悄滑行。

湖水吸引了僧人的眼神。

他张望着，不由得充满恐惧；
他变得无法理解自己……
他看见：波浪翻腾起来，
突然，复归于宁静……
突然，出现一个裸体的女人，
默默地坐在湖岸上，
如同山冈上的初雪一般洁白。

她一边望着年迈的僧人，
一边梳理湿漉漉的长发。
神圣的僧人吓得直发抖，
呆望着她惊人的美丽。
她不停地向他招手，
又向他频频点头致意……
突然，像一颗流星，
隐没在梦幻似的波浪里。

忧伤的长老彻夜不眠，
整日里都不再祈祷——
他的思想失去了控制，
始终牵挂着奇幻的倩影。

树林重新披上了黑衣，
月亮在云彩间漫步，
少女又一次露出水面，
坐在那里，闪着迷人的白光。

她盯视着，频频点头，
调皮地送来一个个飞吻，
玩耍着，泼溅着浪花，
像孩子似的又哭又笑，
招呼着僧人，温柔地呻吟……
“僧人，僧人！来呀，来呀！”
突然，沉没在透明的波浪中；
一切又复归于深深的宁静。

第三天，动情的隐士
走近了魅惑的湖岸，
坐在那里，等待美丽的少女，
夜影在树林中降临……
朝霞赶走了夜的黑暗：
到处都不见僧人的踪影，
唯有几个小男孩发现
水面上漂浮着花白的胡须。

# 幽　居

住在僻静的浓荫下多么惬意，
他可以远离苛刻的平庸之徒，
把时日分配给劳作和休闲，
有时来点回忆，有时做点希望；
命运给他送来一些朋友，
感谢造物主的仁慈，他可以躲避
那帮蠢材们催人昏睡的饶舌，
以及无赖们的各种烦人的刺激。

# 欢　宴

我喜欢黄昏的盛宴，
欢乐是席上的主人，
自由呢，是我的偶像，
站在桌旁的立法者，
直到清晨，“喝”这个单词
压倒了喊叫似的歌声，
客人的圆圈愈来愈松，
酒瓶的圆圈则愈来愈紧。

# 皇 村

亲密情感和昔日欢乐的守护者，
哦，你，林中歌手早已熟悉的天才，
记忆啊，请在我的面前描绘出
我的灵魂所居住的这个神奇所在，
我恋爱时的森林，情感成长的地方，
我的童年和最初的青春在那里交接，
我在那里受到自然和幻想的宠爱，
我领会了诗歌、快乐和宁静。
引领我，引领我到椴树的浓荫下，
它们令我自由的懒散永远感到亲近，
引领我到湖岸，来到安谧的山坡！
我将会再度见到如茵的绿草坪，
枯干的树枝，明亮的谷地，
潮湿湖岸的熟悉的风景，
游过一群高傲、安详的天鹅，
在安静的水面上轻漾起涟漪。

让别人去歌唱英雄和战争吧，
我谦卑地喜爱透露着生机的安宁，
哦，我不追求辉煌荣誉的幻景，
从此，缪斯那无名的朋友只向
皇村这些无比美丽的树林
呈献宁静的歌声与甜蜜的闲暇时光。

## 在小树林旁

在小树林旁，在附近的谷地背后，
明澈的溪水正在快乐地流淌，
年轻的艾德温告别阿丽娜；
我听到了他们最后的亲吻。

月亮升起——阿丽娜坐在那里，
她的胸脯急剧地起伏。
朝霞浮现——阿丽娜还坐在那里，
透过白雾望着空寂的凋落。

邻村的牧童吹着忧伤的牧笛，
在灼热的正午呼唤着羊群，
总是能够看见她，在小溪旁，
在那一棵告别的柳树下。

很多年过去——又过去一年半，

我看见——艾德温远远地走来。
他忧郁地沿着谷地走向树林，
明澈的溪水正在快乐地流淌。

艾德温看见有一个黑衣修士
正站在他告别爱人的柳树下，
一座新坟上竖立着十字架，
上面环绕着枯萎的玫瑰花。

突然，他的心由于恐惧而抽紧。
谁被埋在这儿？他端详着碑铭，
垂下头颅……栽倒在修士的脚下，
我听到了一声最后的呻吟。

## 献给托尔斯泰[①]的诗篇

早慧的哲人，你规避
宴饮和生活的享乐，
面对青春的游戏，你用
冰冷的沉默加以谴责。

你舍弃社交界的娱乐，
固守着寂寞和忧闷，
你扔掉甘蕾卿的金盏，
换取艾庇克泰特的油灯。

相信我吧，我的朋友，
郁闷和悔恨的时光将来临，
冷酷的真理将让你忧愁，

① 雅科夫·托尔斯泰（1791—1867），普希金的朋友，秘密组织“绿灯社”的领导人之一。

你的沉思没有任何结果。

宙斯溺爱着凡人的放荡，
让各个年龄都有自己的把戏，
在苍苍白发上，再也不会
有疯狂的响尾蛇游戏。

唉，青春一去，不再回返！
任凭你呼唤甜蜜的悠闲，
任凭你呼唤轻盈的爱情，
任凭你呼唤轻盈的醉态。

畅饮享乐，直到最后一滴，
快乐地生活，心平气和！
听从那生命的飘忽即逝，
年轻的时代，要活得年轻。

# 复　活

野蛮的画匠以稀松的笔法
把天才的一幅作品抹黑，
毫无意义地在上面描画
自己不成章法的劣作。

许多年过去，互不相容的颜色
像枯朽的鳞片一般脱落；
在我们面前，天才的创造
再度呈现往昔的美丽。

伴随着我痛苦的心灵，
我的困惑就这样消失，
在这幅作品中，仿佛幻景似的
复现了最初纯洁的时日。

## 不久以前

不久以前，黄昏静悄悄，
我到树林里去散步，
在小溪边的一棵橡树下，
我看见了熟睡中的纳塔莎。
朋友们，你们都知道，
我偷偷……走近纳塔莎，
大胆地吻了两次，
我的少女安静地在梦中
叹息，脸上泛起红晕；
我又给了第三个……
她仍然不愿意苏醒，
……
这时，她开始战栗。

## 一切是幻影

一切是幻影，一切是虚空，
　　一切是垃圾，一切是污秽；
生活的全部欢乐——
　　就是美人和酒杯。

　　爱情和美酒，
　　我们同样都需要；
　　没有了它们，
　　一辈子都无聊。

我还想再添一点疏懒，
疏懒和它们相融合；
我疏懒地歌唱爱情，
疏懒给我斟满了美酒。

# 亲爱的朋友

亲爱的朋友，我徒然期盼掩饰
那受骗心灵所涌动的寒潮，
你看透了我——欢娱正在消失。
　　我不再爱你了……
魅惑的时刻已经永远消隐，
　　美好的时光已成过去，
　　青春的欲望也已燃尽，
　　内心的希望已经死去。

## 致多丽达

我相信：她爱我；心儿需要有所寄托。
啊不，我的心上人不可能口是心非；
她的一切都那么真挚：欲望懒散的热情，
那种怯生生的羞涩，美神无价的馈赠，
衣着和谈吐之间迷人的洒脱，
以及亲切的名字那青春期的温柔。

## 咏科洛索娃[1]

爱斯菲尔的一切都迷人：
令人陶醉的声音，
紫袍下庄重的步伐，
一头乌黑的披肩鬈发，
温柔的嗓音，恋爱的眼神，
白生生的手臂，
浓重涂抹的眉毛
和一只巨大的脚丫！

① 科洛索娃（1802—1853），女演员，曾在悲剧《爱斯菲尔》中担任主角。

## 我熟悉战斗

我熟悉战斗，我喜欢刀剑的碰撞；
从小我就崇尚格斗的光荣，
我喜爱战争那血腥的娱乐，
我的灵魂贴近死亡的思想。
在自由盛开的年代，一名忠诚的战士
如果没有看到自己面前的死亡，
他就无法享受圆满的欢乐，
也不配接受心爱妻子的亲吻。

## 致丽拉

丽拉，丽拉，我忍受着
闷闷不乐的煎熬，
我深受折磨，我行将死去，
燃烧的灵魂令我憔悴；
但我的爱情只是徒劳：
你对我是百般地讥嘲。
嘲笑吧，丽拉，你那么迷人，
即便无情也依然娇美。

## 我的……情诗

哦，你们这些爱火尚未熄灭的人们，
只要望她一眼——就知道什么叫爱情。
哦，你们这些心灵已经冷却的人们，
只要望她一眼：你们就会重新产生爱情。

## 命名日

尽情嬉闹和欢乐吧；
美好的时光请放声歌唱：
友谊、优美和青春
和我们的主角在一起。
朋友们，长翅膀的小男孩
也同时在向你们祝福，
他悄悄地叹息：什么时候啊
我也能讨一回命名日。

# 题索斯尼茨卡娅[①]的纪念册

在您迷人的眼睛里，您能够随意集聚

彻底的冷漠和神奇的热情。

谁若爱上了您，当然十分愚蠢；

可谁若是不爱上您，那更是一百倍地愚蠢。

① 索斯尼茨娅（1794—1871），女演员。

## 致巴枯宁娜[①]

在任何场合下我都尽最大努力为您效劳，
但让我歌颂您的命名日实在毫无意义；
在圣叶卡捷琳娜日您并不显得更加可爱，
因为在任何时候都没有人比您更加可爱。

① 巴枯宁娜，生卒年月不详，普希金的同学的妹妹。

# 忠　告

让我们干杯，及时行乐，
让我们游戏人生，
让愚昧的世人去无谓忙碌，
我们可不效仿他们的疯行。
且让我们轻浮的青春
在温柔和美酒中沉没，
且让飘忽的欢乐在梦中
也对我们露出笑容。
一旦青春如同一缕轻烟似地
带走青年时代的欢乐，
那时，我们就能从老年岁月里捞取
一切可能捞取的东西。

## 你和我

你富有，我非常贫穷；
你是散文家，我是诗人；
你的脸色像罂粟花一般红润，
我却枯瘦而苍白，仿佛死神。
你一辈子无忧无虑，
住的是豪宅大厦；
我呢，充满了痛苦和焦虑，
在干草堆上苟延残喘。
你甜蜜地度过每一天，
自在逍遥地畅饮着美酒，
有时甚至懒得去偿还
对自然应尽的义务；
我啃着一块干面包，
喝的是一碗无味的生水，
为了一点排泄的需要，
跑向离阁楼百米外的地方。

你的眼神有专制的威严，
周围则是前呼后拥的奴仆，
你在用一片细白的棉布
擦拭你肥胖的屁股；
我可不再像婴儿时代那样
去溺爱这个有罪的窟窿，
我使用赫沃斯托夫①坚硬的颂歌，
哪怕皱起眉头，也姑且使用。

---

① 赫沃斯托夫（1757—1835），当时一位多产而平庸的诗人。

# 白昼的星辰黯淡了

白昼的星辰黯淡了，
暮霭降临在蔚蓝的海面。
喧嚣吧，喧嚣吧，顺风的帆，
阴郁的海洋，在我脚下汹涌吧。
我望见了遥远的海岸，
南方大陆那神奇的边缘；
我激动而悒郁地向往那里，
内心沉浸于回忆……
我的周围飞翔着熟悉的幻想；
我回忆往昔疯狂的爱情，
我的心灵为之痛苦和欢乐的一切，
欲望和希冀那恼人的欺骗……
喧嚣吧，喧嚣吧，顺风的帆，
阴郁的海洋，在我脚下汹涌吧。
飞翔吧，把我带向远方，
越过无常的海洋那可怖的任性，

只是不要驶向我迷雾笼罩的
悲哀的故乡海岸，
正是在那里，我第一次
点燃了情欲的火花；
正是在那里，温柔的缪斯悄悄对我微笑，
而我消逝的青春
过早地在风暴中凋谢，
正是在那里，飘忽的快乐背叛了我，
把冷漠的心灵交给了痛苦。
为了寻求新的印象，
我逃离了你们，我的故乡，
我逃离了你们，享乐的宠儿，
短暂的青春那些短暂的朋友，
还有你们，放浪迷途上的亲密女伴，
虽无爱情，我却向你们奉献了自己，
奉献了安宁、荣誉、自由和灵魂，
我已忘却了你们，……但心灵的创伤，
爱情深刻的伤口，却无法医治……
喧嚣吧，喧嚣吧，顺风的帆，
阴郁的海洋，在我的脚下汹涌吧……

## 唉！为什么她闪现的是

唉！为什么她闪现的是
短暂而温柔的美？
在蓬勃的花样年华，
她正在明显地枯萎……
枯萎！年轻的生命
她没有多久可以享用；
她也没有多久可以
让幸福的家庭为之高兴，
并以天真可爱的机敏
来活跃我们的谈话，
也不能以宁静明朗的心灵
去把受难者的心灵抚慰。
我按捺下满腔的忧伤，
倾听她快乐的话语，
端详她姣美的面容。
我望着她的每个动作，

聆听她说出的每一句话，

哪怕只是瞬间的离别

都让我的心灵感到惊怕。

## 致——

为什么要以不祥的思想
来滋养过早的忧愁?
为什么要怀着胆怯的悲伤
去等待注定的分手?
痛苦的日子就这样临近!
在寂静的旷野里，你孑然一身，
呼唤往昔的回忆，
回忆那被自己遗忘的时光。
那时，不幸的人儿啊，
你宁愿用流放和坟墓
去换取亲爱姑娘的一句话，
去换取她轻轻的脚步声。

## 我不惋惜你们，我春天的岁月

我不惋惜你们，我春天的岁月，
你们在徒然爱情的幻想中消逝，
我不惋惜你们，哦，黑夜的秘密，
那为情欲的芦笛歌唱过的秘密。

我不惋惜你们，不忠实的朋友，
盛宴的花冠和传递的酒杯，
我不惋惜你们，负心的女郎，
我心事重重，不再热衷于享受。

可是，你们在何方，年轻的希望，
心灵的安宁，痴情的时刻？
以往的热情和灵感的泪水在何方？
重新回来吧，我春天的岁月。

## 黑色披巾

我像疯子似的望着黑色披巾，
悲哀撕扯着我冰凉的心灵。

那时候，我年少又轻信，
狂热地爱上年轻的希腊女郎。

迷人的姑娘给了我不少温存；
可我很快就遭遇了黑色的一天。

有一次，我邀集了众多快乐的客人；
一个令人可恨的犹太人来敲我的门。

他低声说道："你和朋友们在这里宴饮；
你的希腊女郎已经对你变了心。"

我臭骂他一通，给了他黄金，

唤来了我那忠实的仆人。

我们出了门；我快马加鞭地赶路；
温柔的伤感在我内心默然不语。

我尚未跨进希腊女郎的门槛，
眼前一阵发黑，全身顿时瘫软……

我独自一人闯进了她的闺房……
亚美尼亚人正亲吻着不忠的女郎。

我只觉得天旋地转；宝剑咣啷响……
恶棍还没来得及中断他的亲吻。

我一个劲儿践踏着无头的尸体，
脸色苍白地默默注视着那女郎。

我仍然记得那哀求……血流如注……
啊，希腊女郎死去，爱情也死去。

我从僵硬的头颅上取下黑色披巾，
沉默不语地擦拭我血淋淋的剑刃。

趁着夜幕降临的时刻，我的仆人
把这两具尸体扔进了多瑙河的波涛。

从此，我不再亲吻迷人的眼睛，
从此，我不再领略深夜的欢情。

我像疯子似的望着黑色披巾，
悲哀撕扯着我冰凉的心灵。

## 海中神女

朝霞初升，碧绿的波涛在亲吻
塔弗利达岛，我看见了海中神女。
我躲在树丛里，屏住了呼吸：
神女挺立在水花之上，袒露着
年轻的乳房，如同天鹅一般洁白，
从头发中挤出一串串泡沫。

## 飞驰的云团逐渐变得稀薄

飞驰的云团逐渐变得稀薄。
悲哀的星辰，黄昏的星辰！
你的银光洒向了荒芜的平原，
洒向瞌睡的港湾与黑暗的峰顶。
我爱你闪烁在天穹上的幽光，
它激发我沉睡于内心的思想。
熟悉的星辰，我记得你的升起，
照耀让心灵惬意的安宁之乡，
山谷中耸立着挺拔的白杨，
温柔的桃金娘和黝黑的柏树在沉睡，
南方的波涛在甜蜜地喧响。
在那群山之间，我怀揣真挚的思绪，
在大海边消磨沉思的悠闲，
一旦黑夜的影子在农舍上降临——
少女在嘴里佯装呼唤女友的名字，
穿过夜雾急急地将你找寻。

## 陆地与海洋

每当西风掠过海洋的蔚蓝，
轻轻地吹拂骄傲的海船
那一片片远航的船帆，
又轻轻地爱抚波涛中的小船，
卸下忧愁和思虑的重负，
我就更加悠闲和快乐，
全然忘记了缪斯的情歌：
我更喜欢海洋甜蜜的喧声。
每当波涛拍击着海岸，
翻腾着，溅起一阵阵海沫，
雷霆在天空中轰鸣，
闪电在黑暗中闪烁，
我便远离了海洋，
躲进好客的橡树林；

我感到陆地更加可靠，

我怜悯那冷峻的渔夫：

他生活在破旧的小船上，

那是盲目漩涡的玩物。

而我却在希望的寂静里，

聆听谷地小溪淙淙的流淌。

## 镜前美人

瞅一眼可爱的姑娘，她端坐在镜前，
正在用一朵朵鲜花缀满自己的鬓角，
她把玩着发梢，于是，忠实的镜子
就显映出她的微笑、媚眼和骄傲。

# 缪　斯

童年时代，我得到过缪斯的青睐，
她把一只七孔的芦笛交给了我；
面带微笑听我演奏，然后，轻轻地
按住芦管上鸣响的孔眼，
我柔弱的手指已经能够奏响
诸神所启示的庄严颂歌，
和弗利吉亚牧人平和的歌曲。
从早到晚，在橡树沉默的影子里，
我专心聆听隐秘女郎的授课；
而且，为了偶尔给我一个奖励，
她也会撩开可爱额际的秀发，
从我的手中接过那一管芦笛：
芦管就充满了天堂的气息，
我的心也因此沉醉于神圣的魔力。

## 我再也不会有什么期待

我再也不会有什么期待，
我再也不会爱什么幻想；
唯有痛苦还伴随着我，
那是心灵空虚的果实。

在残酷命运的风暴下，
我鲜艳的花冠已经枯萎；
我孤独而忧伤地生活，
我等待：末日是否已来临？

就这样，忍受着暮秋的寒意，
仿佛听到冬天风暴的呼啸，
如同一片弥留的树叶，独自
在光秃秃的树枝上战栗。

## 少　女

我对你说过：要远离那可爱的少女！
我知道：她会不由自主地将心灵迷惑。
不慎的朋友！我知道：当着她的面，
不允许瞅别人，寻索另一双眼睛。
失去了希望，忘却了背叛的甜蜜，
思虑的青春只能在她附近燃烧；
幸福的宠儿们，命运的心腹们，
都恭顺地向她呈献爱的祈求；
可是，高傲的少女讨厌他们的感情，
垂下了眼睛，既不听也不瞅。

## 致尤列耶夫[①]

轻佻的拉伊莎们爱恋的对象，
迷人的维纳斯的宠儿——
我的阿童尼[②]啊，你应该学会
忍受她短暂的欺辱！
命中注定，她给你
青春之美的魅力，
乌黑的髭须，灵活的眼神，
多情的微笑和沉默。
这已经足够，亲爱的朋友，
即使你尚未享受女友的
亲吻，哪怕你尚未体验
燃烧的激情，又有什么遗憾？
在城市快乐的烟雾里，

---

① 尤列耶夫（1796—1860），普希金的朋友，秘密组织“绿灯社”成员。
② 阿童尼，古希腊神话中的牧童，以俊美著称。

在舞神轻松的游戏中，
那些年轻美人向你
飞来意味深长的眼神。
唉！爱的语言何须出声，
这灵魂的叹息便胜于雄辩，
亲爱的朋友，何等甜蜜啊，
瞧你那自恋自爱的快乐。
你该为自己的命运而庆幸。
但我呢，一个游手好闲的浪子，
黑人的一名丑陋的后裔，
在粗鄙的质朴中得到成长，
不曾领略爱情的痛苦，
年轻的女人喜欢我的是
不知羞耻的狂热情欲，
仿佛年轻的林中女妖
不由得在脸颊上泛起红晕，
有时甚至自己也不清楚，
偷偷地瞅着好色的牧神。

## 致卡捷宁[1]

谁给我送来了她的肖像，
这面容神奇而美丽？
我是天才热烈的崇拜者，
从前是歌颂她的诗人。
或许是出于偏颇的气恼，
每当美人焕发着荣光，
独自享受着膜拜的香火，
我便用口哨压倒一片颂扬。
死去吧，短暂的怨恨，
死去吧，竖琴虚假的振响：
亲爱的朋友，这把竖琴
愧对谢利曼娜和莫伊娜[2]。
众神啊，由于心浮气躁，

① 卡捷宁（1792—1853），演员，科洛索娃的老师。

② 谢利曼娜，莫里哀的喜剧《厌世者》的人物；莫伊娜，奥泽洛夫的悲剧《费加尔》的人物，这两个角色均为科洛索娃所扮演。

这个凡人冒犯了你们；

但很快他就会用颤抖的手

向你们呈上新的祭品。

## 谁见过那地方

谁见过那地方？自然的丰饶
让橡树林和草地生机蓬勃，
海水闪烁，不住地喧嚣，
爱抚着平静的海岸。
忧郁的雪花从来不敢光顾
月桂树掩映下的山冈。
请问：谁见过那迷人的地方，
我这无名的流放者曾在那里爱过？

金色的疆域，艾尔维娜的家乡，
我的愿望正在向你飞去！
我记得海边陡峭的悬崖，
我记得大海快乐的波涛，
记得影子和喧嚣，美丽的谷地，
还有淳朴、安静的鞑靼人家，
辛勤地劳作，敬爱互助，

生活在热情好客的屋檐下。

万物繁茂，景象怡人，
鞑靼人的花园、城市和村庄；
海波倒映着巨大的巉岩，
一片片船帆消失在大海的远方。
葡萄藤蔓悬挂着一串串琥珀，
牛羊在草地上嘈杂地游荡……
航海者眺望密特里达德的坟墓，
那里闪烁着夕阳的光芒。

坍塌的坟墓上空喧闹着桃金娘，
我能否透过幽暗的树林再度观赏
峭立的巉岩，碧海的粼粼波光，
以及仿佛欢乐那般明朗的天空？
莫非这生活的风暴不能平息？
莫非往昔的美丽再也不能重现？
莫非我再也不能走进甜蜜的影子，
让心灵在安详的慵懒中进入梦幻？

## 狄奥尼娅[①]

年轻的赫罗米特爱上了你：我们发现
你们不止一次地偷偷幽会；
你听着他的倾诉，脸颊默默地飞上红晕；
你低垂的目光里燃烧着情欲，
　　　　自此以后，狄奥尼娅，
你的脸上长久地保持着温柔的笑容。

① 狄奥尼娅及下文中的赫罗米特是古希腊牧歌中常见的牧女与牧童的名字。

## 我很快将沉默

我很快将沉默。可是，在悲伤的那一天，
倘若琴弦能够以沉思的演奏回应我；
倘若年轻人能够默默地聆听我，
对我为爱情所受的长期痛苦感到诧异；
可是，倘若你本人被深深地感动，
在寂静中反复不断地诵读伤感的诗歌，
并且热爱我发自内心的这些语言；
倘若有人爱我，——哦，亲爱的朋友，
请允许我用美丽情人秘密的名字
赋予我的竖琴那离别的声音以生气。
当死亡之梦把我永远地笼罩，
请你在我的坟墓前感动地低诉：
我爱过他，他应该感谢我，
是我赋予他灵感去歌唱与恋爱。

## 我的朋友，逝去岁月的踪迹已被我遗忘

我的朋友，逝去岁月的踪迹已被我遗忘，
我的青春湍急的水流已被遗忘。
不要问我什么已不在人世，
什么给过我忧伤，什么给过我享受，
　　我爱过什么，什么背叛了我。
且让我品味那不完全的欢乐；
而你，纯洁的姑娘，是为幸福而生。
你要相信幸福，抓住飘忽的瞬间：
你的灵魂为友谊而生，为爱情而生，
　　为甜蜜的亲吻而诞生；
你的灵魂是纯洁的：它从不知忧愁；
稚气的良知像晴天一样明朗。
你为何要听疯狂与激情组成的
　　这则乏味的故事？
它必定会扰乱你平静的理智；
你会为之落泪，你的心将颤抖；

那轻信的灵魂将不再无忧无虑，
你或许将为我的爱情而感到恐惧。
或许，永远……不，我亲爱的，
我害怕失去这最后的欢乐。
请你别让我进行危险的表白：
今天我在恋爱，今天我很幸福。

## 一位青年的墓

……他隐身不见了，
爱情与欢乐抚育的情种；
环绕他的是一个大梦，
和静谧坟墓的寒冷……

　　在春天的树荫下，
少女们自由地旋舞，
他爱过她们的游戏；
可如今在快活的环舞中，
再也听不到他的伴歌。

　　曾几何时，老人们
欣赏着他活泼的快乐，
他们略带伤感地微笑着，
相互之间窃窃私语：
“我们也曾经热爱环舞，

我们的智慧也曾经闪亮；
可等着瞧吧：时间一到，
你也和今天的我们一样；
哦，游戏人生的过客，
你耀眼的光芒也会黯淡；
及时行乐吧……”
但老人们健在，
他却在风华正茂时凋谢，
没有了他，朋友们还在欢宴，
又结交了其他朋友；
少女们在彼此的谈话中，
已经很少很少提起他的名字；
至于爱过他的风情女子，
或许会有一个人落泪，
并且用习惯了的思绪
来呼唤逝去快乐的记忆……
有什么用呢？

在清澈的河畔，
坟墓聚合成和睦的家，
在歪斜的十字架下，
隐没在古老的树林中。
那里，在大道的一侧，

一棵老椴树在喧响，
我们可怜的青年在沉睡，
忘却了内心的恐慌。

　　清晨的曙光徒然地闪烁，
月亮也徒然在天空散步，
环绕这毫无知觉的坟墓，
溪水在淙响，森林在低语；
徒然啊，清晨，有一个美人
提着篮子采集浆果，
她走近溪边，怯生生地
将纤足伸入冰凉的溪水：
但不论怎样都不可能将他
唤出坟墓那安谧的阴影。

## 忠实的希腊女子

忠实的希腊女子！不要哭泣，他英勇地倒下，
　　敌人的子弹射中了他的胸口。
不要哭泣，——在最初的战斗之前，难道不是你
　　为他指明血染的荣誉之路？
那时，预感到了这沉重的别离，
你的丈夫向你伸出了庄严的手，
他含着泪水祝福自己的孩子，
但那黑色的旗帜为了自由而鼓荡，
像阿里斯托吉同①一样，用桃金娘包裹着利剑，
冲向战场，——他仆倒在地，却完成了
　　　　伟大而神圣的事业。

---

① 阿里斯托吉同，公元前六世纪的雅典英雄，曾刺杀暴君希皮阿斯。

## 征　兆

你要努力去观察各种征兆。
牧童和庄稼汉即便年龄不大，
望一眼天空，望一眼西边的影子，
就能预测是刮风还是晴天，
五月的雨水将滋润新生的田地，
寒潮提前来临会危及葡萄。
所以，如果你在黄昏来到湖边，
有天鹅泼溅着水面，对你叫喊，
或者明亮的太阳躲进忧伤的云层，
你应该知道，明天暴雨将惊醒
少女的甜梦，或者有冰雹击打窗户，
而早起的农夫原准备收割谷地的庄稼，
一听到风暴的呼啸，就不再去干活，
重新倒在床上，懒散地睡上一觉。

## 致友人

别装蒜了，亲爱的朋友，

我身材魁梧的对手：

你不用怕哀歌的话语，

　　　　也不用怕竖琴的演奏。

把手伸给我：你没嫉妒，

我过于轻浮和懒惰，

你的美人并不是傻瓜；

我看见一切，并不生气：

她诚然是美丽的劳拉，

可我不适合做彼特拉克[1]。

---

① 彼特拉克（1304—1374），意大利诗人。他写了许多爱情诗，献给一位名叫劳拉的女子。

## 第十诫

上帝啊，你这样告诫我，
不要觊觎别人的财产；
但你清楚我有限的自制力——
怎能把握温柔的情感？
我不会贪图他的村庄，
也不需要他的犍牛，
我平静地看待他的一切：
无论房屋，还是牲畜和奴隶，
一切赏赐我都不稀罕。
可是，倘若他的女奴
十分迷人……主啊！我很软弱！
唉，倘若他的女友
十分可爱，像天使的化身——
哦，公正的上帝！请原谅
我嫉妒朋友的幸福。
谁能控制自己的心儿？

谁能不去爱那可爱的人？
谁不祈盼天堂的享乐？
我眼瞅着，痛苦和叹息，
但我能恪守严格的义务，
不敢去满足内心的欲望，
我沉默……我暗自痛苦。

# 请你们接受新的笔记本

请你们接受新的笔记本，
欢乐的少男少女们，
诙谐的缪斯虚构的作品，
难道没让你们读来更高兴？
它们胜过品达风格的颂诗，
辞藻华丽的书本
和催人昏睡的杂志，
今天的杂志总没有目标，
两星期出版一期，
如此频繁，却沉闷而粗俗，
期望恶毒，却只有愚笨。

哦，你们热衷的是
帕纳斯山上秘密的花朵，
而奖赏独特幻想的
只是微弱的注意力，

请将我这草率的作品
藏进自己的庭荫下，
躲开蒙昧无知的黑手，
躲开嫉妒乜斜的目光。
为了你们，我再度搅和
画像、思绪和故事，
将严肃与滑稽融为一体，
并且从地狱的档案馆中
找到疯狂爱情的闹剧……

## 这就是活泼而饶舌的缪斯

这就是活泼而饶舌的缪斯，
你对她如此一往情深。
我淘气的女郎懊悔不迭，
宫廷的音调令她着迷；
上帝以天堂的幸福
将她深深地遮蔽，
面对神圣的事业
她奉献危险的游戏，
我亲爱的，请不要诧异
她那以色列的裙子，
请原谅她以往的罪孽，
看在秘密印记的分上，
请接受这危险的诗歌。

## 倘若您对温柔的美

倘若您对温柔的美
有着发自灵魂的敏感，
倘若您因自己的过错
带给人痛苦而感到惊惧，
倘若为秘痛付出的牺牲
让您的回忆感到沉重——
那么，在我的回忆录中，
就无须留下这一页。

## 温柔的朋友

温柔的朋友，这是最后一次
我走进你明亮的房间。
在这最后的时刻，我与你分享
爱情和平静的快乐。
往后，在漆黑的深夜里，你独自一人，
你无须慵懒地期待，不必将我等待，
直到东方晨曦初露之前，
也不用点燃蜡烛。

1822

## 致朋友们

昨天是喧闹的告别日，

昨天是酒神狂欢的盛宴，

觥筹交错，弦乐振响，

疯狂的青春你呼我唤。

就这样，缪斯给你们祝福，

用天庭的花冠覆盖你们，

等到你们，我朋友看重我，

献给我一只尊贵的酒杯。

它沽名钓誉的镀金

不能迷惑我们的眼睛，

它那过眼烟云的做工，

它的镂饰无法吸引我们。

只有一点显得与众不同，
为了消解狂野的渴望，
这杯中辽阔的疆域
可以容纳整瓶的美酒。

我畅饮，内心的思想
飞向逝去的岁月，
飞逝的生命的痛苦，
爱情之梦重回我的记忆。

它们的背叛让我好笑：
悲伤在我面前消失，
仿佛杯中的泡沫
在酒液的翻滚下逐渐溶解。

# 致一位希腊女郎[①]

你的诞生就是为了点燃
诗人的想象力，
你用亲切、活泼的问候
和奇特的东方语言，
用镜子般晶亮的眼睛
和一只放浪的纤足
来刺激和俘虏他；
你的诞生就是为了柔情，
为了激情的陶醉。
请告诉我：当列伊拉的歌手[②]
满怀天堂的梦幻
描画他忠贞的理想，
那痛苦而可爱的诗人

---

① 希腊女郎，指卡·波利赫罗尼（1803—?），据说是拜伦的情人。
② 指拜伦，列伊拉是他的长诗《异教徒》中的主人公。

表现的难道不是你?

或许，在遥远的地方，

在希腊神圣的天空下，

灵感洋溢的受难者

见到了你，仿佛在梦中，

于是，在他的心灵深处

便珍藏了难忘的形象。

或许，巫师用幸福的竖琴

迷住了你的心智；

你那自尊的胸膛

情不自禁地颤抖起来，

于是，你便倒在他的肩膀上……

不，不，朋友，我并不想

滋生嫉妒的幻想之火焰；

我远离幸福已经很久，

一旦我重新把幸福享受，

便会忍受秘密的忧愁，

我担心：但凡可爱的都不忠诚。

## 致一位异国女郎

我用你不明白的语言
为你书写赠别的诗歌，
但在惬意的迷茫中，
我要祈求你的注意。
我的朋友，我不颓靡，
离别期间我会遏制情感，
我将继续将你膜拜，
仅仅膜拜你一人，朋友，
在你注意别人的脸庞时，
仍然相信我的心灵，
一如你从前对它的信任，
尽管并不理解它的激情。

## 神奇的往昔时光的女伴[①]

神奇的往昔时光的女伴，
我忧伤而戏谑的虚构之朋友，
我在生命的春天与你相识，
那时充满最初的梦想与欢娱。
我等待你；在黄昏的寂静中，
你来了，像一名快乐的老婆婆，
穿着棉背心，戴着大眼镜，
手摇铃铛坐在我的身旁。
你一边晃动着儿童的摇篮，
一边用歌声让我的耳朵入迷，
你在我的襁褓中留下一支芦笛，
这支芦笛被你施了魔法。
童年逝去，像一场飘忽的春梦，
这无忧的少年曾蒙受你的宠爱，

① 本诗献给普希金的乳母阿利娜·罗季奥洛夫娜。

在显赫的缪斯中他只记得你，

也只有你在悄悄地探访他；

莫非那不是你的形象，你的打扮？

你的形象改变得多么快速！

你的微笑像火焰般燃烧！

致意的目光仿佛火星在闪烁！

你的外套如同汹涌的波涛，

勉强遮盖着你轻盈的身躯；

你满头鬈发，戴着一个花冠，

诱惑者的脑门散发着芬芳；

在黄色的珠链下，雪白的胸脯

微微泛红，轻轻地颤动……

## 致阿捷丽[①]

玩耍吧，阿捷丽，
别理会忧伤。
美神和爱神
给你戴上了花冠，
并且轻轻摇动
你的摇篮。
你的春天
宁静、明朗，
你的诞生
为的是享受。
抓紧，抓紧
欢乐的时光！
把年轻的岁月
交付给爱情，

① 阿捷丽，普希金的友人达维多夫的女儿。

在尘世的喧嚣里，

阿捷丽，请你

爱上我的芦笛。

# 囚　徒

我坐在潮湿牢房的铁栅后。
在囚禁中成长的一只雏鹰，
我忧伤的同志啊，拍打着翅膀，
在铁窗下啄食血染的食品。

它啄食着，扔弃着，望着窗外，
仿佛与我感到同样的烦恼，
它用目光和鸣叫在呼唤我，
它想说："时间已到，时间已到！

"我们是自由的鸟儿，让我们飞走吧！
飞向乌云背后闪着白光的山冈，
飞向远方碧波荡漾的大海，
飞向只有风儿……和我散步的地方！"

# 争吵吧，唠叨吧，傻瓜中的傻瓜

争吵吧，唠叨吧，傻瓜中的傻瓜，
朋友兰诺夫，你不至于惹得我
一时兴起打你一个耳光。
看你那副扬扬得意的嘴脸
是那么像一个村妇的屁股，
只想从后面踹它一脚。

1823

## 小　鸟

在异乡，我虔诚地恪守着
故乡那古老的风俗：
在春天明朗的节日里，
我给予一只小鸟以自由。

我开始感到一丝安慰；
既然我能把自由这赠礼
送给一个小小的造物，
又何必去抱怨上帝！

## 谁阻挡了你们

谁阻挡了你们，波涛啊，
谁桎梏了你强劲的奔跑，
谁把狂野的急流
转化成沉睡的池塘？
谁的魔杖敲碎了
我内心的希望、悲伤和欢乐，
让慵懒的睡眠
麻痹躁动的灵魂和青春？
欢呼吧，风儿，掀起这死水，
去摧毁死亡的堡垒。
你在哪里，雷电——自由的象征？
请掠过这泓不自由的死水。

## 夜

我的歌声为你而缠绵动人，

搅动了黑夜幽深的沉默。

忧伤的蜡烛在我的床前燃烧；

我的诗歌汇聚着，淙淙流淌，

爱的小溪，充满了你的倩影；

在黑暗中，你的眼睛对我闪烁，

你对我微笑，我听到了你的低语：

温柔的朋友……我爱你……我是你的……你的。

## 我嫉妒你，大海勇敢的孩子

我嫉妒你，大海勇敢的孩子，

在帆影和风暴中生活的白发人！

你是否早已抵达平静的港湾——

早已体验过安谧那惬意的时刻——

那魅惑的波涛又在把你呼唤。

伸出手来——我们心中有同样的激情。

为了遥远的天空，为了遥远的国度，

我们离开欧洲那破旧的海岸；

我这大地倦怠的居民，去寻找另一种自然；

你好啊，自由不羁的海洋。

## 自幼我便抱有一个甜蜜的希望

自幼我便抱有一个甜蜜的希望，
我曾经相信，有那么一天，灵魂
能够摆脱腐烂，把永恒的思想、
记忆和爱情带往无底的深渊——
我发誓！我早就应该离开这世界：
我应该摧毁生活和它丑陋的偶像，
我应该飞向自由和享受的国度，
飞向没有死亡、没有偏见的国度，
那里只有思想在晴空中飘浮……

但我徒然沉溺于骗人的幻想；
我的理智固执己见，它蔑视希望……
虚无在坟墓旁将我等待……
呵，一无所有！没有思想，没有初恋！
多么可怕！……我再度伤心地望着生活，
我希望长生不老，希望可爱的形象
溶解在我悒郁的心中，久久地燃烧。

# 恶　魔

那些日子，生活中的一切
都留给我新鲜的印象——
少女的目光，树林的喧嚣，
深夜里夜莺的歌唱——
那些崇高的感情：
自由、荣誉和爱情
和艺术的灵感
那么强烈地激荡着血液，
希望和享受的时刻
突然被笼罩上阴影，
有一个邪恶的精灵
偷偷地来造访我。
我们的相会是如此忧伤：
他的微笑，奇特的眼神，
他那刻毒的话语
向灵魂灌注了冰冷的毒素。

他以喋喋不休的诽谤
噬咬着上天的旨意；
他把美的东西叫作幻想；
他十分鄙视灵感；
他不相信爱情和自由；
他充满讥讽地看待生活——
在整个自然界里，他不想
给任何东西以祝福。

## 我是荒原上自由的播种者

播种者出去播种。[①]
我是荒原上自由的播种者，
晨星未起，我便早早出发；
我用纯洁无辜的手，
在奴隶耕作的垄沟上，
播撒富有生机的种子——
但我不过是在浪费时间，
耗损宝贵的思想和劳动……

吃草吧，温驯的人民！
正义的呼唤无法惊醒你们。
为什么要把自由赠送给牲畜？
它们活该被宰割或被剪毛。
一代又一代，它们继承的遗产
就是带铃铛的重轭和皮鞭。

---

① 引自《圣经·马太福音》。

## 你是否原谅我嫉妒的幻想

你是否原谅我嫉妒的幻想，
我的爱情那疯狂的激动？
你忠实于我，却为什么
要让我的想象力饱受惊吓？
成群结队的崇拜者围绕着你，
为什么总让人觉得你可亲，
你神奇的目光时而温柔，时而忧伤，
总是给予大家空洞的希望？
你主宰了我，使我迷失心智，
从不怀疑我不幸的爱情，
难道你没有看见，在激动的人群中，
我独自沉默着，谁也不搭理，
我忍受着孤独的煎熬？
你不理我，也不看我……残忍的朋友！
即使我有意回避，——你的眼睛
也不会担心，不会屈尊追随我。

如果出现另外一位美人，
和我进行措辞暧昧的交谈——
你也无动于衷；你快乐地责备
让我灰心，没有一点爱情的意味。
请告诉我：每当你我单独在一起，
为什么我永恒的情敌
马上就会狡猾地招呼你？……
他是你什么人？请告诉我，
他有什么权利嫉妒，脸色发白？
自夜晚到黎明这段不体面的时辰，
母亲不在，你的身体半裸，
为什么你独自在家，还将他引进家门？
你爱的是我……和我在一起
你多么温柔！你的亲吻
多么地热烈！你柔情蜜意的
话语如此真诚地发自内心！
我的痛苦令你觉得可笑；
但你爱的是我，我是你的知音。
亲爱的朋友，求求你，别再折磨我：
你不知道，我的爱多么强烈，
你不知道，我的痛苦多么深沉。

## 致玛·阿·高利金娜公爵夫人

关于她的回忆，很久以来
就隐藏在我的内心深处，
她转瞬即逝的青睐
已经成为我长期的幸福。
我默叨着动人的诗歌，
我生动悦耳的悒郁诗篇，
被她亲切地吟诵着，
获得了她灵魂的赏识。
她再一次怀着同情
聆听眼泪和隐痛的竖琴——
并且，她向竖琴传递了
自己迷人的声音……
够了！高傲的我
心存感激地想到：
我的荣誉归功于她——
或许灵感也来自于她。

## 生命的大车

有时，尽管它承载着重负，
大车却依然轻快地走着；
鲁莽的车夫，白发的时间，
驾驭大车，从不离开车座。

我们自清晨便坐上大车，
我们鄙视懒惰和安逸，
喜欢令人眩晕的快马加鞭，
大声地叫嚷：快些！

但正午不再有那份豪情；
我们受够了颠簸，越来越怕
走过那些陡坡和沟坎；
大声地叫嚷：慢点儿，傻瓜！

大车像先前那样滚动，

直到黄昏我们已经习惯，
睡眼惺忪地来到夜宿的地方，
而时间仍然策马往前赶。

## 致弗·彼·戈尔恰科夫便函

冬天竖起一道松软的墙壁，
挡住了我大门前的出路，
目前我还没有什么妙计
去踏出一条小径便于外出。
我只好悠闲自在地坐在家中，
可是你，我灵魂中的灵魂，
千万不要忘记，星期一
我们在瓦尔弗罗梅的约会。

## 致艾赫菲尔德[①]

智慧的闪光，美丽的衣着
都无法让您为之入迷；
只有您的那些叔伯兄弟们
才清楚俘获您的秘密。
您让我的内心失去了平静，
但是，您根本不喜欢我。
我唯一的希望就是——卓娅：
娶她为妻，做您的亲戚。

① 艾赫菲尔德，吉辛辽夫的一位美女，她的追求者号称是她的叔伯兄弟。卓娅是她的侄女。

## 我们的心是多么地任性

我们的心是多么地任性！
……不久以前，我又一次
受到爱情的折磨，祈求
你能哄骗一下我的情感，
让虚假的同情和温柔
赋予你美妙的眼神，
来玩弄我恭顺的灵魂，
向它注入火焰与毒药。
你答应了，以湿润的柔情
填满了你慵倦的目光；
你的面容抑郁而庄重，
你充满情欲的谈话，
时而给我严厉的警告，
时而给我温柔的许诺，
这一切不可避免地
烙印在我的内心深处。

1824

# 一切已经结束

一切已经结束：你我恩断义绝。

我最后一次拥抱你的膝盖，

最后一次倾诉这痛苦的哀怨。

一切已经结束——我听到你的回答。

我也不会再一次将自己欺骗，

也不会满怀惆怅地追逐你，

或许，我会将往事全然忘记——

所谓的爱情与我毫不相干。

你年轻：有一颗美丽的心儿，

还会有许多人对你一见钟情。

## 你肩负着什么使命

你肩负着什么使命，谁派你到这世上？
是善还是恶，让你做忠诚的使者？
　　为什么辉煌，为什么熄灭，
　　人间神奇的来访者？

学究们在推算，帝王们诚惶诚恐，
　　民众在他们面前骚动，
被脱去伪装的祭坛变得空空荡荡，
　　自由的风暴在涌动。

突然袭来……人们牺牲和流血，
　　古老的训诫被粉碎，
命运的好汉出现，奴隶们屏声静息，
　　刀剑和锁链在碰击。

　　傲慢而赤裸的淫荡来临，

在它面前，心灵已经冷却，

人们为权力把祖国遗忘，

人们为黄金而出卖兄弟。

疯子宣布道：自由不存在。

人民信以为真地接受。

在他们的语言里，善和恶

难以分辨，一切是幻影——

一切都交付给轻蔑，

仿佛谷底的尘粒被交付给大风。

## 致海船

大海上有翼的美男子！
我呼唤你——漂浮，漂浮，
请珍惜祈祷、希望
和爱情无价的抵押品。
风儿，你以清晨的呼吸
鼓荡起幸福的船帆，
波涛也不要突然颠簸，
不要让她的胸口感到疲倦。

## 致大海

别了，自由的元素！
最后一次，在我的面前
你翻腾起蔚蓝的浪波，
把你高傲的美闪现。

仿佛朋友悲戚的哀怨，
仿佛离别时刻的呼喊，
最后一次，我听到了
你悒郁而喧闹的召唤。

我灵魂向往的疆域啊！
多么频繁，在你的海岸上，
我迷茫地悄悄徘徊，
为隐秘的企图而惆怅。

我多么爱听你的回响，

喑哑的声音，深沉的嗓音，
黄昏时分的那种宁静，
和我行我素的激情！

渔夫们温驯的船帆，
接受你乖戾意志的佑护，
勇敢地滑过细碎的波浪；
可一旦你发作，恣意妄行，
成群的渔船就得覆没。

我始终未能成功地逃离
你枯燥而死寂的海岸，
未能用喜悦向你致意，
也未能以诗歌的逃亡
驶向你的波峰浪谷。

你期待，你呼唤……我却被囚禁，
我心灵的挣扎也是徒然，
我被一种强劲的力量所迷惑，
我只能停留在你的岸边。

有什么可惋惜？如今，哪里
有我向往的无忧之路？

在你的荒漠中，只有一物
让我的灵魂感到震撼。

一座悬崖，荣誉的坟墓……
那里，各种辉煌的记忆
已经陷入凄清的幻梦，
拿破仑在那里陨落。

他在那里痛苦地死去；
追随着他，另一个天才
像喧嚣的风暴远离了我们，
我们思想的另一位主宰。

消逝了，自由为之哭泣，
他给世界留下自己的桂冠。
喧嚣吧，掀起惊涛骇浪，
哦，大海，他是你的歌手。

他的身上赋有你的形象，
他由你的精神塑造而成：
他像你一样强劲、深沉和阴郁，
他像你一样桀骜不驯。

世界成空……海洋啊，如今，
你又要把我带向何方？
尘世的命运到处都一样，
即使蝇头小利都有人看守，
不是启蒙，就是专制。

别了，大海！我永远
不会忘记你壮丽的景象，
每一个黄昏，我都会
久久地聆听你的轰响。

我的身心充满了你的形象，
我要将你的悬崖，你的海湾，
你的光影和波涛的絮语，
带向森林，带向沉默的荒原。

## 致巴赫齐萨拉宫[1]的喷泉

爱情的喷泉，活泼的喷泉！
我赠送你两朵玫瑰。
我爱你不绝于耳的絮语，
和你那诗一般的眼泪。

你那银白色的水雾
仿佛寒露似的将我打湿，
啊，流吧，流吧，欢乐的喷泉！
淙响着，向我叙述你的往事……

爱情的喷泉，悲伤的喷泉！
我曾经问过你的大理石；
我赞颂过遥远的国度，

---

① 巴赫齐萨拉是克里米亚的一个城市。相传，鞑靼可汗基列娶了波兰公主玛丽娅为妻，不久，玛丽娅就被他的前妻扎列玛所害。作为纪念，基列在城中修建了一座喷泉。

但你从不提及玛丽娅……

后宫里一颗黯淡的星辰！
难道你也在此被人遗忘？
难道玛丽娅和扎列玛
同样都是幸福的幻想？

难道她们只是想象的幻梦，
在荒凉的幽暗里，
描画着逝去的幻境，
只是一个朦胧的理想？

## 葡　萄

我不再为玫瑰感到惋惜，
它们伴随轻盈的春天枯萎；
我喜欢成串成串的葡萄，
它们在山坡的藤蔓上成熟。
这是肥沃的谷地的美景，
这是金色秋天的欣喜，
椭圆的葡萄，晶莹的葡萄，
仿佛少女的一根根手指。

# 哦，玫瑰姑娘

哦，玫瑰姑娘，我受到了囚禁；
但我并不以你的桎梏而羞愧：
如同月桂丛中的夜莺，
这森林歌手中有羽的王者，
生活在甜蜜的囚禁中，
靠近美丽而骄傲的玫瑰，
在情欲之夜的幽暗中，
为她柔情绵绵地歌唱。

## 夜晚的轻风

夜晚的轻风
在空中流荡。
　　喧响，
　　奔跑着
瓜达尔基维尔河[①]。

金色的月亮冉冉升起，
轻点儿……嘘……有吉他声……
一名年轻的西班牙女郎
正俯身倚靠在阳台上。

夜晚的轻风
在空中流荡。
　　喧响，

① 瓜达尔基维尔河，位于西班牙境内。

奔跑着

瓜达尔基维尔河。

摘下面纱吧，可爱的天使，
像晴朗的白昼似的展露容颜！
把你那美妙的纤足
伸出生铁铸就的栏杆！

夜晚的轻风
在空中流荡。
喧响，
奔跑着
瓜达尔基维尔河。

## 阴沉的白天消失了

阴沉的白天消失了，夜晚阴沉的迷雾
像铅灰色的外套似的罩住了天空；
朦胧的月亮仿佛一个幽灵
　　在松林的后面升起……
一切给我的心灵投下黯然的忧伤。
远方，在闪烁的月亮升起的地方，
醉人的空气充满了黄昏的温情；
在那里，在蔚蓝的天空下，
　　大海涌动着壮丽的波涛……
正是这时间：她沿着山路
走向喧嚣的波浪拍击着的海岸；
　　在隐秘的悬崖下，
她孤独而凄凉地坐在那里……
孤独……在她面前，没有人哭泣，没有人叹息，
也没有人忘情地亲吻她的膝盖；
孤独……没有谁的嘴唇可以让她奉献

她的酥肩，她湿润的嘴唇，她雪白的乳房。

…………

…………

没有人值得她付出天庭的爱情。

难道不是吗？你孤独……你哭泣……我平静如常；

…………

但倘若…………

## 北　风

凛冽的北风，为什么
你要把河畔的芦苇吹弯？
为什么你要愤怒地把云彩
向遥远的天穹驱赶？

不久以前，大朵的乌云
阴沉地笼罩着天穹，
不久以前，山顶的橡树
还在展露骄傲的美丽。

但你挺起身来，你欢舞着，
你席卷着雷霆和荣誉——
你驱散了风暴的乌云，
也掀倒了挺拔的橡树。

但愿太阳明亮的脸庞

从此闪耀着快乐的光芒，
轻风与云彩相互嬉戏，
芦苇的涟漪轻轻荡漾。

## 你憔悴而沉默

你憔悴而沉默；悲伤在将你折磨；
你少女的唇边不再有任何笑容。
已经很久，你不再用刺针去绣出
花纹与图案。你只是缄默地为之
烦恼。哦，我很熟悉这少女的忧伤；
我的眼睛早已读懂了你的心事。
你别隐瞒恋情：和我们一样在恋爱，
温柔的少女，爱情也在让你心绪不宁。
幸运的青年！请告诉我，他是谁，
是那个英俊少年，有一对湛蓝的眼睛，
和一头黑色的鬈发？……为什么脸红？我保持沉默，
可我知道，我知道一切；如果我愿意，
能说出他的名字。他是否常常徘徊
在你家的门前，目光盯着你的窗户？
你悄悄地等着他。他走了，你跑出门，
躲在暗处，久久地望着他的背影。

明媚的五月，在欢乐的节日里，
在一队队华丽的马车中奔驰着，
自由而勇敢的年轻人，有谁
不策马扬鞭，纵情地驰驱。

## 即便我赢得了美人的芳心

即便我赢得了美人的芳心，
在秘藏的金匣中保存她的倩影
和隐秘的书信，那长久痛苦的奖励，
但是，令人心碎的离别时刻，
任何东西都不能取悦我的眼睛，
无论是心上人唯一的馈赠，
无论是爱情的盟誓，还是伤感的安慰——
都无法治愈疯狂而绝望的爱之伤口。

## 致一名儿童

孩子，我不敢为你
举行一个祝福的仪式。
你的眼神和安静的灵魂
塑就了安慰的天使。

愿你有一个明朗的未来，
如同此刻你可爱的眼神。
在尘世美好的命运中，
愿你有一个远大的前程。

## 爱上了丽莎真是可怕

爱上了丽莎真是可怕。
够了，其中是不是骗局？
您要小心——或许啊，
这是一个新的狄安娜，
隐藏起温柔的情欲——
以一双害羞的眼睛
怯生生地在你们中间
寻找谁能帮助她堕落。

1825

## 焚毁的书信

别了，爱情的书信，别了！她吩咐过……
我迟疑了多久啊，我的手多么不愿意
把我全部的欢乐付之一炬！……
可算了吧，时辰已到：焚烧吧，爱情的书信。
我做好了准备；我的心灵不再犹豫。
贪婪的火焰正在接纳你的信纸……
转瞬之间！……火光熊熊！腾起……一股轻烟，
袅袅升起，和我的祈求一起消逝。
海誓山盟的戒指的烙印，封口的火漆
都在沸腾中溶化……哦，这是天意！
缘分已尽！焦黑的纸片已经卷曲；
在轻薄的纸灰上，它们珍贵的笔迹
泛起白色……我的胸口窒闷。亲爱的纸灰，
我忧伤的命运那一点微薄的慰藉，
请你永远留在悲哀的胸口上，伴我长相随……

## 渴盼荣誉

每当我在爱情和欢娱中陶醉，
跪坐着与你默默无言地相对，
每当我望着你，心想：你是我的——
你知道，亲爱的，我是否渴盼荣誉；
你知道：远离了尘世的浮华，
我不再为诗人虚妄的名头所累，
厌倦了长期的风暴，我根本不再听
遥远的责难和赞扬的嗡嗡声。
每当你向我投来慵懒的目光，
你的纤手抚摩着我的头顶，
低声地问我：你爱我吗？你幸福吗？
你是否会像爱我那样再去爱别人？
我的朋友，你是否永远不会忘记我？
而我只能保持着窒闷的沉默，
我全身心充满了快感，我在想：
不要有明天，但愿离别那可怕的日子

永远不会来临……可是呢？转瞬之间，
眼泪、痛苦、背叛和诬陷，一切
都碎落在我头顶……我怎么了，我在哪里？
我就像一名旅人在荒原上遭到雷击，
面前的一切黯然失色！但今天，
我被一种崭新的渴盼折磨着：
我渴盼荣誉，为的是借助一片喧嚣，
把我的名字传送进你的耳朵，
在你的周围环绕着我的名字，
一切的一切都在把我呼唤，
而在寂静中，你听到这真挚的声音，
你会回忆起我最后的祈求，
夜深人静，在花园中分手的时辰。

## 致普·亚·奥西波娃[①]

我滞留在平静的流放中，
或许这样的日子已不会太长，
我叹息着亲切的风俗，
在寂静中，对乡村的缪斯
奉献我的无忧的灵魂。

但是，在陌生的远方，
我也会借助永恒的思绪，
在三山村的周围徘徊，
走过草地、小河与山冈，
走进椴树掩映下的花园。

当明朗的白昼消逝的时候，
从幽深的坟墓走出一个

① 普·亚·奥西波娃，三山村（紧邻普希金被软禁的米海洛夫斯克村）的女主人。

幽灵，它忧心忡忡地飞翔，

偶尔飞进故乡的庭荫，

向亲人投去深情的一瞥。

## 致罗德健科[1]

你答应过我，聊一聊浪漫主义，
聊一聊帕纳斯的异端邪说，
你想和我随意地聊一聊，
信中专门提到了她，要向我
透露波尔塔瓦缪斯的秘密……
不，我亲爱的朋友，显然，
你正堕入了情网，乌克兰的庇隆[2]！

难道你真说得对：这世界上，
没有什么比美丽的女人更重要？
她的微笑，她温柔的眼神
比金子更珍贵，比名声更珍贵，
比各种各样的荣誉更珍贵……

---

① 罗德健科（1793—1846），波尔塔瓦的地主和诗人。

② 庇隆（1689—1773），法国诗人和戏剧家。

我们还是再谈一谈她吧。

朋友，我很赞赏她的意愿，
歇上那么一阵，生儿育女，
让孩子酷肖他们的母亲；
幸福啊，谁若能和她在一起
分享这一件愉快的琐事：
她不会惹他打呵欠，
上帝保佑，让希墨涅斯[1]去打盹，
做上一个悠长的美梦。

但有一点我并不同意，
我不赞成夫妻最终的离异，
首先，要信守神圣的誓言，
服从法律和自然的本性……
其次，我在无意中发现，
一个聪明的女人啊，
必须配有一个体面的丈夫：
如此一来，来访的朋友
就不会尴尬，就不受拘束。
亲爱的朋友啊，请相信，

① 希墨涅斯，古希腊神话中的婚姻之神。

婚姻的太阳闪耀的光芒

将盖过爱情那羞怯的星星。

# 致凯恩[①]

我记得那美妙的一瞬：
我的面前出现了你，
仿佛倏忽即逝的幻境，
仿佛那纯美的精灵。

在浮世的喧嚣中焦虑不安，
无望的忧愁折磨着我的身心，
但温柔的嗓音不绝于耳，
可爱的面容让我魂牵梦萦。

岁月流逝。骤起的风暴
驱散了往昔的幻想，
我忘却你温柔的嗓音，
也忘却了你天使的面庞。

---

① 凯恩（1800—1879），普希金的女友。

在穷乡僻壤，在囚禁的幽暗中，
我的岁月在平静地延伸，
没有神明，没有灵感，
没有眼泪、生命和爱情。

我的灵魂被突然惊醒：
再一次出现了你，
仿佛倏忽即逝的幻境，
仿佛那纯美的精灵。

心儿在陶醉中跳荡，
一切又为它再度苏醒，
呵，神明！呵，灵感！
呵，生命、眼泪和爱情！

# 假如生活欺骗了你

假如生活欺骗了你，
不要悲伤，不要愤慨！
苦闷的日子暂且忍耐：
相信吧，欢乐终究会到来。

心儿永远生活在未来；
现实总是令人郁闷：
一切都不长久，都会消逝，
而那消逝了的，更美妙动人。

## 酒神之歌

欢乐的声音为什么静息？

响起来吧，酒神的合唱声！

万岁，那些爱过我们的

年轻的妻子们和温柔的少女们！

把这杯子斟得更满些！

把秘藏的指环

叮当一声

扔进浓稠的美酒中！

让我们举起酒杯，把它们一饮而尽！

万岁，缪斯们，万岁，理性！

燃烧吧，神圣的太阳！

面对灿烂的霞光，

这一盏灯多么苍白，

在智慧的太阳不朽的光芒面前，

虚假的智慧也是这样闪烁和黯淡。

万岁，太阳，黑暗，请赶快躲起来！

## 原野上残留的鲜花

原野上残留的鲜花，
比初放的花朵更可亲，
它们更加强烈地
激发我们内心的郁闷。
与此相仿，离别的时刻
有时比甜蜜的相会更动人。

## 运　动

运动并不存在，大胡子的智者说道。
有人一言不发，在他的面前来回行走，
任何反驳都不能比这更加有力；
所有人都对这聪明的回答赞不绝口。
但是，先生们，这一桩趣事
让另一个例子进入了我的记忆：
太阳每一天都在我们面前运行，
可固执的伽利略①仍然有他的道理。

① 伽利略（1564—1642），意大利科学家，因维护哥白尼的日心说而遭到迫害。

## 夜莺和布谷鸟

在树林中，在悠闲的夜晚，
春天的歌手们聚在一起，
有的咕噜，有的叽喳，有的啁啾；
可是头脑糊涂的布谷鸟，
只会一个劲儿咕咕叫，
自鸣得意，啰唆不休，
它的回应也是如此单调。
那咕咕声让我们厌烦！
倒不如躲开。上帝呀，
让我们远离这报丧似的咕咕声。

# 友　谊

友谊是什么？醉后轻率的激情，

屈辱那自由的交流，

虚荣心和无所事事的交换，

或者是遮掩脸面的耻辱。

## 冬天的黄昏

风暴卷起尘雾遮蔽了天空，
雪花纷纷扬扬地旋转；
时而像野兽在吼叫，
时而像婴儿在啼哭，
时而掠过破旧的屋顶，
把茅草吹得簌簌作响，
时而又像一名迟归的旅人，
轻轻叩击我们的小窗。

我们这破旧的茅屋，
显得幽暗而凄清。
你怎么了，我的老妈妈，
默然倚靠着窗口？
我的朋友，你可是
厌倦了暴风雪的呼号，
还是纺车的吱呀声

让你昏然欲睡？

喝一杯吧，善良的女友，
我可怜的青春的伙伴，
借酒浇愁；酒杯在哪里？
心儿能感到轻松一点。
唱支歌吧，告诉我，
云雀生活在海的彼岸；
唱支歌吧，告诉我，
清晨，少女怎样去汲水。

风暴卷起尘雾遮蔽了天空，
雪花纷纷扬扬地旋转；
时而像野兽在吼叫，
时而像婴儿在啼哭。
喝一杯吧，善良的女友，
我可怜的青春时代的伙伴，
借酒浇愁；酒杯在哪里？
心儿能感到轻松一点。

# 欲望的火在血液中燃烧

欲望的火在血液中燃烧，
我的灵魂已被你刺伤，
吻我吧，你的亲吻
比美酒和没药[①]更加甜蜜。
让你温柔的脑袋靠着我，
使我安详地进入梦境，
直到欢乐的一天死去，
直到黑夜的影子降临。

① 没药，一种热带乔木的芳香树脂，可用于医药。

## 我姐妹的花园

我姐妹的花园，
幽静偏僻的花园；
它没有清冽的泉水
从山间醒目地流下。
我的果实在闪烁，
金黄而丰满；
我的清泉在喧响，
纯净而活泼。
松香、芦荟和月桂，
散发着芬芳：
只要有北风吹过，
就会落下一滴清香。

## 风　暴

你可曾见过悬崖上的少女，
一袭白衣，凌驾于波涛之上，
大海在翻腾的迷雾中涌动，
和它的海岸相互嬉戏，
闪电发出它的红光，
一次次映红了少女的身影，
狂风在飞驰，击打着
她飞舞的衣裳？
迷雾中的大海十分美丽，
闪电中的天空没有一丝蔚蓝；
但请相信：悬崖上的少女
比波涛、天空和风暴更美丽。

## 我爱你莫名的朦胧

我爱你莫名的朦胧，
爱你那些秘密的花朵，
哦，你，迷人的诗歌
那美好的幻想！
诗人啊，你使我们相信，
一群轻盈的影子
飞离寒冷的忘川之岸，
来到这尘世的此岸，
它们悄无声息地造访
那更为亲切的地方，
并且在睡梦中安慰着
分手友人的心灵；
他们已经体验了不朽，
在极乐世界里等待它们，
仿佛宴席旁的一家人，
等待着姗姗来迟的客人……

　　可是，或许只是空洞的幻想——
或许，我将随同那件丧服
一起扔弃尘世的情感，
我不再理会凡俗的人世；
或许，那里一切都闪烁着
不朽的荣光与美丽，
那里，纯净的火焰
将吞噬生活的不完善，
倏忽即逝的生活之印象，
在我的心中不再保留，
我再也不知道什么是遗憾，
也不再记得爱情的忧愁……

## 散文家和诗人

散文家，你在忙些什么？
给我点思想，什么都成：
我把它的一端削尖，
配上飞翔的韵脚，
搭在绷紧的弓弦上，
然后，鼓足勇气射出去，
我们的敌人就此遭殃！

## 你怎么了

你怎么了，告诉我，小兄弟？
你脸色苍白，像个渎神者，
蓬乱的头发竖立如山！
是否和年轻的女郎幽会，
在篱笆后被人擒获，
你因此被看成一名小偷，
看守人将你紧追不舍？
也可能是你中了邪，
也可能是你罪孽深重，
狂野的灵感将你折磨，
你正在苦吟一首诗歌？

## 只有玫瑰枯萎了

只有玫瑰枯萎了，
飘荡着神的馨香，
她那轻盈的灵魂
朝着天国飞翔。

那里，沉睡的波涛
带来了遗忘，
她那芬芳的影子
在忘川河畔开放。

## 在天空中

在天空中，一轮悲伤的月亮
迎面撞见了快乐的朝霞，
一个在燃烧，另一个寒冷，
朝霞闪烁，仿佛年轻的新娘，
在她面前，月亮死人一般苍白，
艾尔维娜，你我的相遇与此相仿。

1826

## 致巴拉廷斯基[①]

你那篇故事中的每一行诗

像金币一样响亮而灿烂。

你的芬兰女郎啊，她呀她，

比拜伦的希腊女郎更可爱，

但直率的芬兰人是你的酷评家。

① 巴拉廷斯基（1800—1844），俄罗斯诗人。

## 致济娜

济娜，我给你一个忠告：
玩耍吧，用这些快乐的
玫瑰编织一个庆典的花冠，
从今往后，就别在我们中间
挖掘情诗或者内心的情感。

## 在她祖国的蔚蓝天空下

在她祖国的蔚蓝天空下，
　　她痛苦不堪，正在枯萎……
终于枯萎了，或许，在我的头顶
　　年轻的亡灵正在旋飞；
我们之间有着无法逾越的鸿沟。
　　我徒然地激发自己的情感：
从冷漠的唇边传出了她的死讯，
　　我听到这消息也是那么冷漠。
这就是我以炽热的灵魂爱过的人，
　　我的爱情曾经那么刻骨铭心，
曾经怀有那么温柔、那么悒郁的伤感，
　　那么疯狂，那么痛苦！
如今，痛苦在哪里，爱情在哪里？唉！
　　在我的心中，对可怜而轻信的亡灵，
对一去不返的岁月的甜蜜记忆，
　　我既找不到眼泪，也找不到歌声。

## 致维雅泽姆斯基[1]

大海，这古老的杀人犯，
就这样点燃了你的才情？
你要在金色的竖琴上
将凶猛海神的三叉戟歌颂。

别歌颂它。在我们卑鄙的世纪，
白发的海神已是陆地的盟友。
在大自然各个领域中，人——
不是暴君、叛徒，就是死囚。

---

① 维雅泽姆斯基（1792—1878），俄罗斯诗人。

## 表　白（致阿·伊·奥西波娃）

我爱您，哪怕我已经疯狂，
哪怕这是徒劳和无谓的羞愧，
如今，我跪倒在你的脚下，
表白这不幸的愚蠢！
我其貌不扬，年龄不合……
是时候了，我该更明智一些！
但是，根据显露的各种征兆，
我了解心中爱情的疾病：
没有您我就无聊——我打呵欠；
有了您我就忧郁——我忍受；
承受不了，我就想说出来，
我的天使，我多么地爱您！
当我听到从客厅里传来
你的脚步声和衣裙的簌簌声，
或者你那少女纯洁的嗓音，
我就突然会丧失全部的理智。

您露出笑容——我感到快慰；
您转过身去——我感到忧伤；
为了这受尽折磨的一天，
您的素手便是给我的奖赏。
当您漫不经心地弓起身子，
在刺绣架上认真地做着女红，
低垂下你的眼睛和鬈发——
我触景生情，像个孩子似的
沉默而温柔地端详着您！……
在糟糕的天气里，每当您偶尔
去散步，打算走向远方，
您是否想知道我的不幸，
是否想知道我嫉妒的悲愁？
还有您在孤独中的眼泪，
还有两人在角落里的交谈，
还有到奥波奇卡的旅行，
以及黄昏演奏的钢琴？……
阿丽娜！给我一点怜悯吧。
我不敢祈求您的爱情：
或许，由于我的那些罪孽，
天使，我配不上您的爱恋！
但请您装一回假吧！这一瞥
表达了一切，多么奇妙啊！

唉，骗一骗我并不困难！

我本人也乐意接受欺骗。

## 先　知

我忍受着精神的饥渴，
踯躅着向黑暗的荒原走去，
我面前的十字路口
出现了一位六翼天使。
他伸出梦一般轻盈的手指，
轻轻地碰触我的眼睛。
先知的眼睛就此睁开，
仿佛一对受惊的鹰眼。
他轻轻碰触我的耳朵，
耳朵便充满喧嚣与轰鸣：
我听到了天空的战栗，
听到了天使高高的飞升，
听到了蛟龙在海底的爬行，
听到了藤蔓在谷地的生长。
他还贴近了我的嘴唇，
拔去了我有罪的舌头，

让它再也不能空谈和撒谎，

又用他血淋淋的右手

将智慧之蛇的信子

塞进我僵硬的口腔。

他用剑刺进我的胸膛，

挖出那颗跳荡的心，

然后，把一块通红的煤炭

放入敞开的胸腔。

我躺在荒原，像一具尸体，

上帝的声音呼唤着我：

“起来吧，先知，去看，去听，

去执行我的旨意，

去走遍海洋和陆地，

用我的话去点燃人心。”

# 致叶·亚·季玛舍娃[①]

我见到了您，读到了
这些迷人的作品，
您缠绵的梦幻
让理想赋有了神性。
我吸饮了毒鸠，自您的目光，
自您那灵性洋溢的面庞，
自您那可爱的交谈，
自您那火热的诗行；
被囚禁的玫瑰[②]的对手，
不朽的理想多么幸福……
不呈献您韵文而呈献散文，
这个人却有百倍的幸福。

---

① 叶·亚·季玛舍娃（1798—1881），普希金的女友，女诗人，在社交界以美貌著称。

② 指季玛舍娃的侄女罗巴诺娃—罗斯托夫斯卡娅，她俩的婚姻非常相似，均不太成功，故有“对手”一说。

## 答费·杜曼斯基

不，她不是切尔克斯少女；
但从来就没有这样的少女
从阴郁的卡兹别克山顶
走进格鲁吉亚的山谷。

不，她的眼睛里不是玛瑙，
可是，东方所有的宝藏
也抵不上她南方的眼睛
射出的甜蜜的光亮。

## 冬天的道路

透过波浪般起伏的迷雾，
闪现出了一轮月亮，
在忧伤的林中空地里，
它洒下一道道忧伤的光芒。

在冬天寂寞的道路上，
灵巧的三套车在奔跑，
车上单调的铃铛
响得让旅人更加郁闷。

在车夫悠长的歌声中，
有一种亲切的东西：
时而是豪放的欢乐，
时而是内心的忧悒……

不见灯火和乌黑的茅屋……

密林和积雪……唯有
带着花纹的里程碑
一路迎面扑来，又退后。

寂寞，忧郁……明天，尼娜，
我要回到心上人的身边，
坐在壁炉旁忘掉一切，
看你一千遍也不厌倦。

钟表的指针滴答作响，
均匀地环绕着自己的圆周，
子夜赶走无趣的客人，
却不能让我们就此分手。

忧愁啊，尼娜！旅途无聊，
车夫打起了瞌睡，默然不响，
铃铛发出单调的响声，
云雾遮住了月亮的脸庞。

# 致——

你是圣母，这毫无疑问，
但并不是仅仅以美色
迷惑圣灵的那个人，
大家都无一例外地爱戴你；
你也不是那个人，
不通过丈夫就生下了基督。
在人寰还另有一个神明——
美听从他的吩咐，
他是巴尔尼[①]、提布尔斯和摩尔[②]的神明，
他给我痛苦，也给我快慰。
你怀着他，——你是爱神之母，
你就是我的圣母。

---

① 帕尔尼（1753—1814），法国诗人。

② 摩尔（1779—1852），英国诗人。

## 致奶妈

我严酷岁月里的女友，

我年迈衰弱的亲爱的人，

你独自站在松林深处，

久久地等待我的来临。

你在自己屋子的窗下，

你伤心不已，仿佛在站岗，

你皱纹密布的双手，

不时把针线活儿停下，

你透过被遗忘的大门，

张望幽暗而遥远的道路；

担忧、焦虑和惦念

时刻挤压着你的胸口。

你似乎觉得……

## 在大庭广众的场合下

在大庭广众的场合下，我并不愿意
夸夸其谈，我看不出其中的好处；
为了灵魂的幸福，朋友们，请相信，
要么一言不发，要么只有你一人说话。

1827

## 在西伯利亚的矿井深处[①]

在西伯利亚的矿井深处，
请保持你们高傲的耐心，
你们崇高的思想追求
和辛酸的劳作不会落空。

那忠实于不幸的姐妹——
希望埋藏在幽暗的地层，
将激荡起勇气和欢乐，
渴盼已久的时辰将来临。

穿过一重重阴暗的闸门，
爱情和友谊将抵达你们，

① 本诗献给在西伯利亚服苦役的十二月党人。

正如我这自由的歌声
将抵达你们苦役中的探井。

沉重的枷锁将掉落，
牢房将坍塌——而自由
将在出口快乐地等待你们，
弟兄们把利剑递给你们。

## 夜莺和玫瑰

在花园的寂静里，在春夜的幽暗中，

东方的夜莺对着玫瑰歌唱。

但可爱的玫瑰不加理会，充耳不闻，

伴随深情的颂歌摇晃着打起了瞌睡。

面对冷漠的美人，难道你也如此歌唱？

哦，诗人，想一想，你追求的是什么？

她不听倾诉，也不理解诗人的感情；

你看她时，她在开放；可呼唤——没有回应。

## 有一枝神奇的玫瑰

有一枝神奇的玫瑰：她
在惊讶的竖琴前
开放，彤红而鲜艳，
得到了维纳斯的祝福：
严寒的气息徒然地
窒息了竖琴和激情，
在生命短暂的玫瑰丛中，
闪烁着一枝不谢的玫瑰……

## 致叶·尼·乌莎科娃[①]（一）

过去有一个风俗，
每当妖精和幽灵露头，
人们念一句咒语：
“阿门，阿门，赶快散去！”
轻易就把撒旦赶走。而今，
已经很少有妖精和幽灵
（上帝才知道，它们上哪去了！）
但你，我善或恶的精灵，
当我如此真切地
看见你的侧影、你的眼睛和金色的鬈发，
当我亲耳听到了
你活泼、生动的声音，
我就着了迷，感到痛苦，
就会在你面前战栗，

① 叶·尼·乌莎科娃（1809—1872），普希金的女友。

怀着炽热的心灵，我

幻想说一声："阿门，阿门，散去吧。"

## 致叶·尼·乌莎科娃（二）

即便在远离你的地方，
我和你也永不分离，
你缱绻的嘴唇和眼睛
仍将折磨我的记忆；
我在寂静中疲惫不堪，
我也不希望有什么慰藉——
但如果我被送上了绞架，
您是否会为我叹一口气？

## 三泓喷泉

在宁静、凄凉的无边草原上，
秘密地奔突着三泓喷泉：
青春的喷泉，湍急而狂放的喷泉，
翻腾着，奔涌着，晶亮地淙响着。
诗歌的喷泉激荡起灵感的浪花，
滋养着宁静草原上的流放者。
最后一泓喷泉——遗忘的冰凉的喷泉，
它最为甜蜜地消除心灵的灼热。

## 阿利昂[①]

小船上有我们很多人；
有的人扯起了风帆，
有的人同心协力
划动深水里沉重的船桨。
我们聪明的舵手
默默地把握着船舵，
控制着重载的小船；
而我，满怀无忧的信念——
为水手们歌唱……突然，
风暴狂起，巨浪滔天……
舵手和水手葬身大海！
只有我，秘密的歌手，
被风暴抛上海岸，

① 阿里昂（公元前7世纪—公元前6世纪），古希腊诗人。传说他在海上遇劫，用歌声感动了海豚，后者把他驮上了海岸。

我高唱昔日的颂歌，

在阳光下，将打湿的衣服

晾晒在悬崖下。

# 天　使

温柔的天使，在伊甸园门口
低垂着脑袋，闪着光芒，
但阴沉而躁动的恶魔
在地狱的深渊之上飞翔。

否定的精灵，怀疑的精灵，
凝视着纯洁的精灵，
于是，他初次朦胧地体验了
不由自主的爱之热情。

他说："请原谅，我看见了你，
你并不是枉然地在我面前闪烁：
我不再对天庭的一切都仇视，
也不再对尘世的一切都鄙薄。"

## 致吉普连斯基[①]

你是变化无常的时尚之宠儿，
尽管不是出身英法的画师，
亲爱的魔法师，你却重新塑造了
我，纯洁的缪斯的养子，
于是，我胆敢嘲笑坟墓，
永远摆脱死亡的羁绊。

我看见自己，仿佛在镜子里，
但这面镜子正在奉迎我，
它谄媚地说，我没有辜负
庄重的缪斯对我的袒护。
这样，在罗马、德累斯顿和巴黎，
我这副模样将会出名。

① 吉普连斯基（1783—1836），俄罗斯画家，曾为普希金画了一幅出色的肖像。

## 诗　人

　　当阿波罗还没有向诗人
提出神圣牺牲的要求，
诗人便浑浑噩噩地生活，
沉溺于人世无聊的琐事；
他神圣的竖琴在沉默，
灵魂在品味寒冷的幻梦，
在世界渺小的孩子中间，
或许，他比谁都更加渺小。

　　但是，只要敏锐的听觉
一旦接触到神的声音，
诗人的灵魂就振奋起来，
仿佛一只惊醒的兀鹰。
他悲叹尘世的欢娱，
与世人的絮叨格格不入，
他高傲的头颅不肯

低垂在人们的偶像前；

他变得狂野而严肃，

内心充满了喧嚣和惶恐，

逃向空旷的大海之滨，

逃向喧响着的无边森林……

## 在靠近金色的威尼斯称雄的地方

在靠近金色的威尼斯称雄的地方，
一个值夜的桨手孤独地划动着游艇，
在黄昏的星光照耀下，沿着海滨漂流，
吟唱着列纳特、高弗瑞特和艾米尼亚。
他热爱自己的歌声，只是为了快乐而歌唱，
没有长远的企图；他并不熟悉荣誉、
恐惧和希望，只是在波涛的深渊之上
借助宁静的缪斯使自己的旅途愉快。
在生活的海洋里，风暴是如此残忍地
追逐着我那在迷雾中闪烁的孤帆，
和他一样，我放声歌唱，不求回应，
我喜欢仔细地斟酌秘密的诗歌。

## 1827年10月19日

我的朋友们，上帝会帮助你们，
在生活的操劳和皇差中，
在放纵的友谊的盛宴上，
在爱情那甜蜜的秘密中！

我的朋友们，上帝会帮助你们，
在风暴和生存的愁苦中，
在异国他乡，在苍茫的大海上，
甚至在大地阴郁的深渊中！

## 护身符

那里，海水永远
泼溅着荒凉的海岸，
在甜蜜的黄昏时刻，
月亮更温暖地闪烁，
那里，穆斯林在后宫里
享受无限的温柔，
那里，女巫爱抚着我，
交给了我一个护身符。

她一边爱抚一边说：
“收藏好我的护身符：
它具有秘密的力量！
爱情才使你拥有它。
在雷雨中，在飓风中，
我亲爱的，护身符
也不能使你的脑袋

摆脱疾病，摆脱坟墓。

“它也不能赐予你
各种东方的财富，
它也不能让你取代
众多信徒的先知。
也不能帮助你离开
令人忧伤的异国，
从南方返回北方故乡，
投入朋友的怀抱。

“但是，当狡猾的眼睛
突然让你中了魔，
或者黑夜里有嘴唇
吻了你，却没有爱情——
亲爱的朋友！护身符
可以帮助你摆脱
犯罪、背叛和遗忘，
不再招致心灵的新创。”

## 春天啊，春天

春天啊，春天，爱情的季节，
你的出现令我多么沉重，
在我的灵魂中，在我的血液里，
有着多么惆怅的激动……
心灵不再有过任何陶醉……
那欢跃和闪烁着的一切，
让我感到痛苦和疲惫。

——

交还我狂烈的暴风雪吧，
交还我幽暗的漫漫冬夜吧！

## 我知道那地方

我知道那地方：荒凉的大海
在那里拍击着海岸；
那里罕有雪花飘落的时辰，
那里，晴空里的太阳
向焦煳的草坪洒下光芒；
不见树林——大海之上
浮荡着一片赤裸的草原。

## TO DAWE，ESQr[①]

为什么你神奇的铅笔
要描画我这黑人的侧影？
即便你让它世代流传，
魔鬼也会向它发出嘘声。

描绘一下奥列宁娜[②]吧，
一旦内心迸发灵感，
天才就应该仅仅
把青春和美来崇拜。

① 原文为英语，意为“致道先生”。

② 奥列宁娜（1808—1888），普希金的女友。

# 回　忆

喧嚣的白昼为了凡人而缄默，

　　在城市静默的广场上，

栖息着半透明的夜影和幻梦，

　　这是白昼劳作的报偿，

这时，我却在寂静中忍受着

　　失眠的痛苦时光：

在百无聊赖的深夜，内疚的毒焰

　　在我的心中燃烧得更旺；

幻想在沸腾；在愁绪万千的脑海里，

　　拥挤着沉重的思想；

在我面前回忆默默无声地展开

　　它漫长的画卷：

我满怀厌恶地阅读自己的生活，

　　我战栗地诅咒自己，

我悲痛地怨诉，我悲痛地流泪，

　　但洗不去忧伤的诗歌。

## 你和您

她无意中以亲切的你
代替了空洞的您，
这就在爱恋的心底
激发了幸福的憧憬。
我悒郁地站在她面前，
目不转睛地望着她；
我口中对她说：您多么可爱！
内心却在想：我多么爱你！

## 枉然的天赐，偶然的天赐

枉然的天赐，偶然的天赐，
生命，你为什么被赐予我？
那秘密的命运又为什么
将你判定缓期的死刑？

什么人用敌对的权力
将我召唤出虚无，
让我的灵魂充满了激情，
用怀疑搅动我的理智？

我的面前毫无目标：
心灵空虚，理智闲散，
单调的生命之喧嚣
带给我无尽的磨难。

冰凉的风儿还在吹

冰凉的风儿还在吹，
吹来一阵阵清晨的寒意，
初春冰雪消融的地方，
微微崭露早开的小花。
从芬芳的小蜜蜂窠里
飞出了第一只蜜蜂，
围绕着小花嗡嗡扑飞，
打探着美丽春天的消息，
贵客是否很快就来临，
草坪是否很快就变绿，
那满头卷发的白桦
是否很快就要爬满嫩叶，
馥郁的稠李即将发芽？

## 她的眼睛（答维雅谢姆斯基公爵的诗作）

“她确实可爱，”我们相互议论。
她是宫廷骑士的雷霆，
她那切尔克斯的眼睛
可以与南方的星星争辉，
尤其能够与诗歌媲美。
她大胆地闪动着眼睛，
目光比火焰更热烈；
但你得承认，奥列宁娜的
眼睛完全不是这样！
里面有一个沉思的精灵，
有着多少孩子的纯朴，
有着多少缱绻的温情，
有着多少惬意与憧憬！……
她含着爱神的微笑垂下眼睛——
谦逊的眼中有优雅的欣喜；

抬起眼睛——拉斐尔[①]的天使

就是这样仰望着上帝。

① 拉斐尔（1483—1520），意大利文艺复兴时期画家。

## 美人啊，请别当着我的面

美人啊，请别当着我的面
吟唱你格鲁吉亚忧伤的歌曲：
它们会让我再一次回想起
遥远的海岸和另一种生活。

唉，你那残忍的歌唱
让我回想起草原与黑夜，
以及远方的月光下
那可怜的少女朦胧的面庞！

只要看见你，我就忘却了
可爱的、不幸的幻影，
但只要你放声歌唱，
我就会再一次把它想象。

美人啊，请别当着我的面

吟唱你格鲁吉亚忧伤的歌曲：

它们会让我再一次回想起

遥远的海岸和另一种生活。

## 肖　像

携带着一颗炽热的灵魂，
携带着一股狂暴的激情，
哦，北国的淑女们，
她不时地出现在你们中间，
无视上流社会的规矩，
竭尽全力地向前冲，
仿佛在匀速运转的轨道里
一颗犯上作乱的彗星。

## 挚　友

你的表白，你温柔的怨诉，

我贪婪地谛听其中每个呼声：

你的语言令人陶醉，

充满疯狂和躁动的激情！

但请你打住你的叙述，

藏匿、藏匿起你的幻想：

我害怕它们高热的传染，

我害怕知道你所知道的一切。

## 预　感

又一次，乌云悄悄地
在我的头顶聚集；
嫉妒的命运又一次
向我显示灾难的威力……
我仍然能够蔑视命运？
面对它的时候，我是否
还能保持骄傲的青春
那坚韧不拔的耐力？

我受够了狂暴生活的折磨，
我平静地等待着风暴：
或许，我还能够获救，
再一次找到避难的港湾……
可是，我预感到分别，
那不可避免的可怕时辰，
我的天使，最后一次，

我要把你的纤手抓紧。

温柔而恬静的天使啊，
请你悄悄地说：别了，
伤心吧！任凭你抬起
或垂下你温柔的目光；
且让我对你的怀念
占据我的灵魂，取代
我青年时代的勇敢、
力量、骄傲和期待。

## 韵脚啊，悦耳的女友

韵脚啊，悦耳的女友，
有过灵感的闲暇时光，
有过灵感的辛勤劳作，
你突然沉默，一声不响；
唉，莫非你已远走高飞，
莫非你已经彻底变心！

昔日，你可爱的絮语
曾安慰我战栗的心灵，
曾缓解了我的悲伤，
你爱抚我，诱惑我，
让我离开这个世界，
去向迷人的远方。

你时常听我倾诉，
追逐着我的幻想，

仿佛一名听话的孩子；
如今，你却放纵、嫉妒，
变得固执而懒散，
戏谑地反对那幻想。

我并没有与你分手，
我无数次迁就过
你那些顽皮的怪念；
仿佛善良的恋人，
我对你唯唯诺诺，
为你所爱，也受你折磨。

哦，当奥林匹斯的众神
在天庭聚集的时候，
但愿你能把身影显露，
你便与他们同住，
那样，你的家谱
也会闪烁神性的光辉。

赫西俄德[①]或者荷马，
拿起神性的竖琴，

① 赫西俄德（约公元前8世纪），古希腊诗人。

就这样向世人叙述：
某天，太阳神郁郁寡欢，
在葱茏的塔革忒山下，
放牧阿德墨托斯①的羊群。

他在幽暗的森林里漫游，
由于惧怕主神宙斯，
既没有男神，也没有女神
敢于造访他的居所，
这竖琴与芦笛的天神，
这光明与诗歌的天神。

记忆女神飘然而至，
牢记那最初的相会，
抚慰他的痛苦。
于是，阿波罗的女友
在赫利孔的密林中，
孕育了欢乐的果实。

① 阿德墨托斯，古希腊传说中的英雄。

## 乌鸦朝着乌鸦飞翔

乌鸦朝着乌鸦飞翔，
乌鸦朝着乌鸦聒鸣：
乌鸦！哪里有我们的午餐？
能否告诉我们一个准信？

乌鸦对着乌鸦回答：
哪里有午餐，我知道；
一名死去的勇士
躺在荒野的爆竹柳下。

谁是凶手，为什么，
兀鹰非常清楚，
还有乌黑的骏马，
还有年轻的主妇。

兀鹰飞进了树丛，

那匹黑马也已病倒，

而年轻的主妇等待的

不是死者，而是她的情郎。

## 华丽的城

华丽的城，可怜的城，
不自由的精神，俊秀的外貌，
淡绿色的天穹，
寂寞、寒冷和花岗石——
可我依然对你有所怜悯，
因为，那一只娇弱的纤足
有时还会在此走动，
金色的鬈发还会飘动。

## 箭毒木

在干枯而贫瘠的荒原上，
在暑热烘烤着的土地上，
一棵箭毒木挺立于天地之间，
仿佛一名威严的哨兵。

正是干渴草原的大自然，
在愤怒的一天分娩出它，
用毒液滋养树枝的死绿，
用毒液灌溉它的树根。

毒液一滴滴渗出树皮，
在正午溶化为暑气，
黄昏时分，它们又凝固
成为浓稠而透明的树枝。

小鸟也不会飞向这棵树，

老虎也不光顾：只有黑风
猛吹这一棵死亡之树，
很快离开，但已染上病菌。

倘若乌云在天空上飘浮，
滋润着它茂密的树叶，
沾染了毒液的雨水
便从树枝流向火热的沙地。

可是，有的人用专制的目光
把另一个人送到毒树下，
那人便服从命令上了路，
清晨携带着毒液回到家。

他带来了致命的树脂，
和一根树叶枯萎的树枝，
汗水仿佛冰凉的小溪，
流过他苍白的额头。

任务完成——精疲力竭，
跌倒在窝棚的树皮上，
这可怜的奴隶随即死亡
在不可战胜的君主脚下。

而大公致力于把毒液

涂抹上驯顺的箭矢，

随后把毒液和死亡

同时送往邻居和异乡。

## 答高多夫佐娃[①]

我疑惑地、贪婪地
望着你的花朵。
哪一个严格的禁欲者
对美神的致意无动于衷？
我为它们骄傲，但有点胆怯：
我不敢尽数猜破
你不曾说出来的责备。
莫非是我引发了你的愤怒？
哦，美人轻浮的苛评家，
倘若他背信弃义地诽谤
一直为之效劳的异性，
将给自己带来多大的痛苦！
他应该接受惩罚，去疯狂地

---

① 高多夫佐娃，生卒年不详，俄罗斯女诗人。普希金在《叶甫盖尼·奥涅金》的第四章中曾对女性有不恭的看法，她写了一首诗发表不同的看法。本诗便是对她的回应。

恋爱，忍受狂躁的焦虑；
至于你，将永远是
他可悲的诽谤的否定。

## 小　花

在书页中间，我发现了一朵
枯干的小花，它已没有了芳香；
突然，我的灵魂深处
充满了一个奇特的幻想。

它开在何处？何时？哪一个春天？
开放了多久？被谁给摘下？
是一只熟悉的手，还是陌生的手？
为什么被人夹放到书页中间？

是为了纪念一次温馨的约会，
是为了纪念不幸的离别，
还是为了纪念在田野上，
在林荫下孤独的散步？

是他还是她，是否还健在？

如今何处是他们爱情的角落？

或许，他们也已经枯干，

正如这默默无闻的花朵？

## 诗人和大众

Procui este, profani.①

诗人用漫不经心的手
在弹拨充满灵感的竖琴。
他在歌唱——但在他的周围，
站立的是傲慢和冷漠的人群，
愚昧的他们脸上一片茫然。

迟钝的群氓窃窃私语：
“他为什么唱得如此激昂？
徒然地震撼我们的耳膜，
他想把我们带向何方？

① 拉丁文：滚开，俗人们。

在弹奏什么？告诉我们什么？
为什么像一名固执的魔法师
让我们的心灵痛苦和不安？
他的歌声像风儿一般自由，
但也和风儿一般不会有结果：
他能给我们什么样的好处？”

## 诗　人

住嘴，毫无头脑的人们，
卖苦力的人，忙于糊口的奴隶！
我讨厌你们粗鲁的抱怨！
你们是大地的蠕虫，而非天之骄子；
利益是你们的一切——阿波罗的石像
也会被你们放到秤上去称量，
你们看不出它内在的益处。
但这大理石就是天神！……那又如何？
你们会更看重一个砂锅：
你们可以用它来烹煮食物。

## 群　氓

不，如果你是上帝的选民，
如果你是神使，就该用自己的才能
为我们来谋取实在的福利：

修补一下弟兄们的心灵。

我们意志薄弱，我们阴险狡猾，
我们无耻、凶恶、忘恩负义；
我们的心灵已被阉割，无比冷漠，
我们是诽谤者，愚蠢的奴隶；
恶习已在我们内心盘根错节：
你既然爱你身边的亲友，
也就该给我们大胆的训谕，
我们会听从你的教诲。

## 诗　人

　　走开！——性情平和的诗人
能和你们有什么关系！你们
大胆地在放荡中让心肠硬化吧：
竖琴的声音无法让你们振作！
你们违背灵魂，就像那坟墓。
直到今天，你们仍然保留着
皮鞭、监狱和铁斧，
就为了你们的愚蠢和凶恶；
我受够你们了，疯狂的奴隶！
在你们的城市里，人们从大街上
清除垃圾，——是有益的劳动！
但是，你们的祭司们是否

会忘记自己的职责，祭坛和祀礼，
拿起扫帚来清除垃圾？
我们是为灵感而诞生，
不是为了日常生活的激动，
不是为了贪欲，不是为了争斗，
而是为了祈祷和甜蜜的声音。

## 我过去是怎样

我过去是怎样，如今也还是那样：
快乐而多情。朋友们，你们知道，
我岂能面对美色而无动于衷，
没有胆怯的温柔和隐秘的激动。
难道这一生中爱情玩弄我还少吗？
难道我像雏鹰似的挣扎得还少吗？
面对爱神张开的那张欺骗的罗网：
百倍的欺辱还没让我改变习性，
我又把我的祈求带给新的偶像……

## 婴儿的墓志铭

在光亮中，在惬意的宁谧中，
靠近永恒的造物主的宝座，
他面带微笑打量着尘世间的谪居，
母亲在祝福，她的祈祷是为了父亲。

## 唉！爱情的话语喋喋不休

唉！爱情的话语喋喋不休，
它既不流畅，也不简洁，
我的天使，这没条理的散文
总是让你感到厌烦。
但妙龄女郎的耳朵喜欢
自吹自擂的阿波罗，
她喜欢旋律优美的歌唱，
为韵律高傲的声音而入迷。
爱情的表白让你感到恐惧，
你把爱情的书简撕个粉碎，
但送来一封诗体的短信，
你会含着温柔的微笑读完。
从今往后，我可信的天赋
将永远成为命运的祝福。
迄今为止，在生命的荒原里，
热情在我的内心不断滋长，

但它给我引来的不是迫害，

就是虚情假意的辱骂，

就是诽谤，或者是囚禁，

偶尔有一点冷冷的赞扬。

## 多么快速啊

多么快速啊，在辽阔的原野上，
新装了马蹄铁，我的马儿在奔跑！
在它的踢踏下，冰冻的土地
发出的响声多么响亮！
我们这酷烈的严寒
有益于俄罗斯人的健康；
脸颊比玫瑰花更加鲜艳，
寒冷与血液在上面相互嬉戏。

…………

凄凉的森林，凋敝的谷地，
白昼闪了一下，——顷刻便幽暗，
而风暴，仿佛一名迟归的旅人，
击打着我们的窗户……

1829

## 致伊·尼·乌莎科娃[1]

您备受自然的宠爱；

它对您最为偏心，

我们对您永久的赞美

让您觉得是厌腻的颂歌。

您本人早已经知道，

爱上您是理所当然，

您有阿尔米达的媚眼，

您有西尔菲达的腰肢，

而您那殷红的嘴唇啊，

仿佛一朵和谐的玫瑰……

我们的诗，我们的散文

在您面前，只是无谓的喧嚣。

① 伊·尼·乌莎科娃（1810—1879），普希金的女友，叶·尼·乌莎科娃的妹妹。

可是，对美的回忆啊，

秘密地触动着我们的心灵——

于是，我将草就的诗句

谦卑地题写在您的纪念册上。

或许凭借这纪念，您不由得

会想起曾经为您歌唱的人，

当时，普列斯尼斯基广场

还不曾树起一道篱笆。

## 驶近伊若雷[①]的时候

驶近伊若雷的时候，
我抬头望了一眼天空，
就想起了您的眼神，
您那蔚蓝的眼睛。
尽管您那少女的娇美
让我忧伤地着迷，
尽管在特维尔省，
我的绰号叫吸血鬼，
可是，在您的面前，
我既不敢向您下跪，
也不敢用痴情的哀求
来惊扰您的平静。
我一反常态地沉湎于
无聊交际场的醉意，

---

① 伊若雷，莫斯科到彼得堡途中的最后一个驿站。

或许，我能暂时忘却
您可爱的面庞，
轻盈的身材，端庄的
举止，矜持的谈吐，
还有谦卑的沉静，
调皮的笑容和狡黠的眼神。
倘若不呢……一年以后，
在十一月之前，沿循旧路，
我就来到您安静的家乡，
向您献上我的一腔柔情。

## 征　兆

我去看您：一群灵活的梦幻
在我的背后，旋转成嬉戏的一团，
而月亮呢，就在我的右边，
陪同着我健步如飞地奔跑。

我走开了：另一群梦幻……
爱恋的心灵充满了忧伤，
而月亮呢，就在我的左边，
陪同着我悒郁地踯躅独行。

在孤寂中，我们这些诗人
也是这样沉湎于永恒的幻想；
也是这样，把一些迷信的征兆
与内心的情感调和在一起。

## 赠狮身人面像附诗

谁在雪地里培植菲欧克利特[1]温柔的玫瑰？

告诉我，在黑铁的世纪，谁猜破了黄金？

谁是那斯拉夫青年，生在德国，却禀有希腊精神？

这就是我的谜语；聪明的俄狄甫斯[2]，你来猜吧！

① 菲欧克利特（公元前 4 世纪一公元前 3 世纪），古希腊诗人。

② 俄狄甫斯，古希腊传说中的英雄，猜破狮身人面的怪兽司芬克斯的谜语，使后者跳下深渊。

# 夜幕笼罩着格鲁吉亚的山冈

夜幕笼罩着格鲁吉亚的山冈，
　　阿拉格维河在我面前喧响。
我忧郁而轻松；我的忧伤多么明亮，
　　我的忧伤充满你的倩影，
只有你的倩影，只有……无论什么
　　都不能让我的悒郁受到惊扰，
心灵又开始燃烧，再度钟情——因为，
　　这颗心不可能不去钟情。

## 致一位卡尔梅克[1]女郎

别了，亲爱的卡尔梅克女郎！
一种值得称道的习惯
几乎让我原先的念头落空，
把我吸引到这一片草原，
跟在你的大篷车后游逛。
你的眼睛确实不够大，
鼻子有点扁，额头也太宽，
你不会操着法语悄声絮语，
也不用丝绸裹紧了大腿，
你也不会坐在茶炊前，
按照英国的方式撕碎面包，
不会赞叹小说《圣马尔》，
也不会欣赏莎士比亚，
你也不会沉溺于想入非非，

① 卡尔梅克是蒙古的一支游牧民族。

倘若脑子里没什么想法，

也不会低吟："但你在何方？"

不会在聚会上跳盖洛普舞，

有什么关系？——正好半小时，

在我的仆人备好我的驭马之前，

你的眼神和你野性的美丽

占据了我的理智和心灵。

朋友们！这难道不是一回事：

把无所事事的心灵寄托

在闪光的舞会上，在时髦的包厢里，

或者跟随在牧民的大篷车上？

## 顿　河

它在辽阔的原野上闪耀，
奔流不息……你好啊，顿河！
从你远方的子孙那里，
我带来了给你的问候。

河流都知道你，静静的顿河，
它们视你为光荣的兄长；
我来自阿拉斯河与幼发拉底河，
我从那里给你带来问候。

完成了凶狠的追击，
顿河的骏马稍事休息，
畅饮着阿拉帕察河的清水，
嗅到了故乡的气息。

我朝思暮想的顿河啊，

赶快为你骁勇的骑手
准备好泡沫飞溅的美酒，
它们产自你的葡萄园。

# 旅途上的怨言

我在人世间还得漫游多久，
有时坐马车，有时骑骏马，
有时坐大篷车，有时坐轿式车，
有时坐雪橇，有时就步行？

不是在世袭的洞穴中，
不是在祖先的墓地里，
上帝早已判定，我必须
死在宽阔的大路上。

或者在碎石路上被马蹄践踏，
或者在山上被车轮碾压，
或者在水流漂洗的沟渠里，
或者在坍塌的桥梁底下。

或者是瘟疫将我传染，

或者让严寒把我冻僵，
或者被一个笨拙的残废者
用拦路杆击中前额，

或者在森林中遭遇抢劫，
暴徒挥刀将我砍倒在路旁，
或者在某个检疫所里，
因寂寞无聊而死亡。

还需要多久，我忍着饥饿
挨过那强制的斋戒期，
是否还记得雅尔的蘑菇，
配上美味的冷牛肉？

多么惬意：就在原地踏步，
沿着麦斯尼茨大街四下散开，
在闲暇时光，就思念一下
自己的乡村，自己的未婚妻！

多么惬意：来一杯罗姆酒，
晚上做美梦，早晨喝香茶；
多么惬意：兄弟，待在家里！
好吧，马上出发，追赶一下！

## 冬天，我们在乡下做什么

冬天，我们在乡下做什么？我遇见
我的仆人，他正把我的早茶端进来，
我问道：天气暖和吗？暴风雪是否停息？
地上有没有积雪？能不能起身
去骑马，或者留在家中随意
翻阅邻居的旧杂志，直到吃午餐？
一场新雪。我们起身，立即上马，
沐浴着晨曦，在田野上一溜小跑；
鞭子握在手中，猎狗紧随在身后；
我们眯缝起眼睛观察着皑皑雪地，
我们转着圈儿快跑，天色已经不早，
追丢了两只兔子，我们返回家中。
多么快活啊！黄昏来临：风雪在咆哮；
屋内烛光黯淡，心底愁肠百结，
我一滴又一滴地啜饮着寂寞的毒液。
我拿起书本，眼睛在字母上滑过，

思想却在远方……我合上了书本，
拿起鹅毛笔，坐在桌前；我努力
从瞌睡的缪斯那里挖掘零散的词句，
但声韵不合辙……对于诗韵，对于
这奇怪的侍女，我的权利尽数丢失：
诗句萎靡而拖沓，冷漠而晦涩。
我精疲力竭，中止了与竖琴的争执，
走进了客厅；在那里，我听到一场
关于最近的选举和关于糖厂的谈话。
女主人像天气一样皱着眉头，
或者是灵巧地穿梭着编织的钢针，
或者是用纸牌的红心国王在算命。
苦闷啊！在离群索居中，岁月流逝！
倘若在黄昏，我们正在角落里下跳棋，
有一家人乘车从远方来到这凄凉的村落：
一位老太太，带着两名年轻的姑娘
（一对头发淡黄、身材苗条的姐妹）——
这偏僻的角落将变得多么生动啊！
最初是彼此投以乜斜或关注的目光，
然后搭讪几句，接着便热情地交谈，
随后是友好的微笑，傍晚的歌唱，
以及欢快的华尔兹，桌边的絮语，
以及多情的目光，轻浮的语言，

在狭窄的楼梯上那迟迟不散的约会；

于是，少女趁着暮色走上了台阶，

裸露着脖子和胸脯，任风雪击打她的脸！

不过，北方的风暴无害于俄罗斯的玫瑰。

严寒中的一个热吻是多么炽烈！

在纷飞的雪絮中，俄罗斯少女多么鲜艳！

## 冬天的早晨

严寒和太阳：美妙的一天！
迷人的朋友，你还在沉睡——
是时候了，美人儿，醒一醒：
张开你被安恬关闭的眼睛，
作为一颗来自北方的星星，
迎向那北国的曙光女神！

你是否记得，昨夜有暴风雪，
在昏暗的天空上，布满了乌云；
月亮，仿佛一个苍白的斑点，
透过乌云，显露淡淡的黄光，
而你忧伤地坐在那里——
如今呢……请望一下窗外：

在蔚蓝的天空下，仿佛
一张张华丽的地毯，

白雪静卧在耀眼的阳光中，
唯有透明的树林在发黑，
冰霜包裹的枞树泛出嫩绿，
冰层下的小溪晶莹闪亮。

整个房间笼罩着一层
琥珀的光辉。炉火正旺，
发出愉快的噼噼啪啪声。
在热炕上遐思真是美妙。
但你可知道：是否该让人
尽早把栗色的马驹套上？

滑过清晨的皑皑积雪，
亲爱的朋友，放开缰绳，
让迫不及待的马儿飞奔，
去访问那空旷的原野，
不久前仍葱茏的森林，
以及令我亲近的河岸。

## 我爱过您

我爱过您：或许，这爱情的火焰
尚未在我的心中完全熄灭；
但是，别让它再扰乱你的内心，
我不想触动您一丝一毫的忧伤。
我曾经默默地爱您，无望地爱您，
时而为羞怯所苦，时而为嫉妒所伤；
我爱过您，爱得那么真挚，那么温存，
上帝保佑，但愿别人也能这样爱您。

## 我们走吧

我们走吧，无论上哪儿我都有准备，
只要你们想去的地方，我都愿意，
只要能够远远地离开傲慢的美人儿，
哪怕是去遥远的中国长城的脚下，
或者是去喧嚣的巴黎，还是去塔索①
不再歌唱那值夜的船夫的地方，
古老城市的力量已在灰烬中沉睡，
只有柏树林还在散发着芳香，
上哪儿我都有准备。我们走吧……可是，
朋友们，请问：我的热情可会在漫游中消亡？
我能否忘却这令人痛苦的傲慢少女，
或者匍匐在她脚下，忍受她幼稚的嗔怒，
把爱情我这例行的贡品向她呈献？
…………

---

① 塔索（1544—1595），意大利诗人。

## 无论我漫步在喧闹的大街上

无论我漫步在喧闹的大街上，
还是走进了人群拥挤的教堂，
或者和疯狂的少年坐在一起，
我都会沉湎于自己的遐想。

我喃喃自语：时光在飞逝，
无论我们这里有多少人，
我们都得走进永恒的圆环——
有些人的期限正在临近。

每当我看见一棵孤独的橡树，
我就会想：这树木的长老，
将活过我寂寂无闻的一生，
正如比我的祖辈活得更长久。

每当我抚爱一个可爱的婴儿，

我便默默想道：别了，
我要给你腾出一个位置，
我腐烂的时候，你风华正茂。

每一个日子，每一个年头，
我都习惯用沉思打发光阴，
在那些时光里，我试图推测
何时将是我未来的忌辰。

命运将在何处派来死神？
战场？波涛？还是旅途？
或者是附近的山谷，
将存放我冰凉的骸骨？

尽管对于无知觉的尸体而言，
在哪里腐烂都是一样，
可是，我仍然希望我自己
能安息在故乡的近旁。

但愿在我坟墓的入口，
会有年轻的生命在嬉戏，
但愿冷漠的大自然
闪烁永远不朽的美丽。

## 高加索

高加索在我脚下。我独立山巅，
凌驾于悬崖边缘的积雪之上，
一只兀鹰从远处的山顶腾起，
平展着翅膀在我的上空翱翔。
我从这里看见了急流的源头，
以及可怕的雪崩最初的战栗。

乌云在我的脚下驯服地浮动；
瀑布穿过云层传来它的喧响；
乌云下面矗立着赤裸的悬岩，
往低一点是苔藓和干枯的灌木；
那里还有森林和绿色的荫覆，
鸟儿在啼啭，小鹿快乐地奔跑。

那里，在山峦之中已有人安家，
羊群沿着葱茏的峭壁在爬行，

一个牧羊人走向快乐的山谷，
阿拉格维河在绿岸中间奔流，
一个贫穷的骑手躲进了峡谷，
捷列克河在玩耍，快乐地咆哮。

玩耍着，咆哮着，像年轻的野兽，
从铁笼子里望见了栏外的食物，
怀着枉然的敌意，冲击着河岸，
用饥饿的波涛舔着两岸的悬崖，
徒劳啊！既没有食物，也没有欢快：
沉默的峭壁可怕地将它挤压。

# 雪　崩

巨浪击打着阴郁的山岩，
散成飞沫，发出喧响，
兀鹰在我的头顶盘旋，
　　　　松林在哀怨，
群山的峰顶在雾浪之中
　　　　闪闪发光。

雪崩就从那里诞生，
一声沉闷的巨响，坍塌
在峭壁之间，立刻
　　　　堵塞整个夹道，
而捷列克河汹涌的波涛
　　　　也不再奔跑。

哦，捷列克河，疲倦的你，
突然，中止了你的咆哮：

但后续的波涛怒气冲冲，
　　　　凿蚀着冰雪……
你的狂性大发，淹没了
　　　　自己的两岸。

崩裂的冰雪久久躺在那里，
像一个难以溶化的庞然大物，
而愤怒的捷列克河溅起水花，
　　　　在它下面冲过，
它以喧响的飞沫刷洗着
　　　　冰雪的圆拱。

积雪之上是一条宽阔的道路：
马儿在奔驰，犍牛在行走，
一位草原上的商人手里牵着
　　　　自己的骆驼，
如今只有风神这天庭的居民
　　　　在这里飞舞。

# 卡兹别克山上的修道院

高高地耸立在群山之上，
卡兹别克，你王者的峰巅
闪烁着永恒的光芒。
你的修道院在彩云背后，
仿佛浮荡在空中的一叶方舟，
隐约翱翔在群山之上。

遥远的、祈盼的彼岸！
我真想对峡谷说一声再见，
然后去攀登自由的峰巅！
我真想躲进彩云背后的密室，
我就可以与上帝毗邻而居！……

## 当你那青春的时光

当你那青春的时光
被喧嚣的流言所玷污，
根据交际场的判决，你
丧失了追求荣誉的权利。

在冷漠的人群中，只有我
一人分担你的痛苦，
为了你，我徒然在祈祷，
向无情的偶像祈求。

但交际场……它并不想
更改自己残酷的判决：
它实际上并不惩治失误，
但要求能够掩人耳目。

无论是它贪慕虚荣的爱情，

还是它伪善的迫害，
都应该给予同样的蔑视：
让心灵把一切忘怀。

切莫去啜饮痛苦的毒液；
放弃那闪亮、窒闷的社交圈，
放弃那疯狂的娱乐：
唯有我一人是你的朋友。

## 题征服者的半身像

你徒然看出其中的错误：
　　艺术之手将一丝微笑
挂在大理石的嘴唇上，
　　却将愤怒刻在冰凉的额头。
这面容实际具有双重的含义，
　　这位君主的为人也是如此，
他习惯于相互矛盾的情感，
　　半身像和生活都是一个丑角。

# 我曾经当过顿河的骑兵

我曾经当过顿河的骑兵，
我也曾追击奥斯曼匪徒；
我将一根马鞭带回家中，
为了怀念我的战斗和帐篷。

在征途上，在战争中，
我珍藏一把三角琴；
我将三角琴和马鞭
一起悬挂在墙上。

我对朋友隐瞒了一件事——
我爱上了我的女主人，
我在心底常常思念她，
于是珍藏了这一根马鞭。

## 叶莲娜，为什么如此胆怯

叶莲娜，为什么如此胆怯，

如此嫉妒，又如此疾速地

到处跟踪着我，并且匆忙地

监视着我的

每一个举动？……我是你的呀。

1830

## 独眼巨人

一下子失去了理智和舌头，
我用一只眼睛看着您：
我只剩下一只眼睛。
倘若命运允许的话，
倘若我拥有一百只眼睛，
我也要用一百只眼睛看您。

## 我的名字在你有什么意义

我的名字在你有什么意义？
它将死去，仿佛那拍击着
遥远海岸的忧伤的波涛，
仿佛幽林里深夜的喧响。

在作为纪念的页面上，
它留下了死亡的痕迹，
正如墓碑上题词的花纹，
记载着无人能懂的言辞。

有什么意义？在新的纷扰
和忙碌中，它早已被忘记，
它也不会给你的灵魂
送去纯洁和温馨的记忆。

但在忧伤的日子，在寂静中，

你悒郁地念叨我的名字；

你就会说：有人还记得我，

这世上有一颗我生存其中的心。

## 回 答

我认出了您，哦，我的女神!

不是凭借这没有签名的信

那龙飞凤舞的笔迹，

而是凭借快乐的机智，

而是凭借狡黠的致意，

而是凭借尖刻的嘲讽

和凭借如此……不公的责备，

凭借这活泼的魅力。

我一遍遍读着来信，

满怀赞叹和不由自主的忧郁，

忍不住高喊：是时候了!

去莫斯科！马上去莫斯科!

这里的城市刻板而郁闷，

这里的语言是冰，心灵是岩石；

这里既没有可爱的轻佻，

也没有缪斯，没有爱神，没有普列斯宁。

# 在欢娱和闲散的无聊中

在欢娱和闲散的无聊中，
我将疯狂、慵懒和激情
这些娇生惯养的声音
经常寄情于我的竖琴。

但当你庄严的声音响起，
突然令心灵感到震撼，
我就不由自主地会中断
那狡黠琴弦上的声响。

我会流淌那意外的泪水，
因为你散发着馨香的话语
滴下了纯洁的橄榄油，
正在疗治我心灵的伤口。

如今，从精神的高空，

你向我伸出一只手，
以你温柔的和爱情的力量
来平息狂暴的幻想。

为你的烈焰点燃的灵魂，
拒绝了俗世浮华的幽暗，
诗人在神圣的敬畏中
聆听六翼天使的琴弦。

## 当我将你苗条的身躯

当我将你苗条的身躯
箍紧在我的怀中，
并且欣喜若狂地向你
表白那温柔的爱情絮语，
你那柔软的身躯
却挣脱了我的双手。
亲爱的朋友，你对我
报以不信任的微笑；
关于变心的可悲流言
牢固地占据你的记忆，
你毫无同情，悒郁地
听着我的倾诉……
我诅咒荒唐的青年时代
那些狡猾的心计，
诅咒在静夜的花园里
无数次约会的期盼。

我诅咒爱情的悄声絮语，

诗歌秘密的吟唱，

诅咒痴心少女的抚爱，

她们的眼泪和随后的抱怨。

# 致诗人

诗人啊！你千万别看重世人的喜好。
狂热的赞誉将像短暂的喧嚣似的逝去；
你将听到蠢材的评判和民众的嘲笑：
但你要保持坚定、沉郁和平静的心绪。

你是帝王：独自生活吧。沿着自由的道路
向前走，让自由的智慧为你指明方向，
要竭力完善你那可爱思想的果实，
不要为高尚的业绩去索取报偿。

它们就在你身上。你是自己的最高裁判；
你能比所有人更严格地对待自己的作品。
你会对它们满意吗，严谨的艺术家？

满意？那么，让民众去责骂它们吧，
让他们唾弃你火焰般燃烧着的祭坛，
让他们像顽童似的摇动你的供桌吧。

# 圣　母

我从来不愿用古代的大师们
众多的作品来装饰自己的居室，
不想让来宾盲目地赞叹它们，
听内行们夸夸其谈的评介。

在朴素的角落里，在缓慢的工作间歇，
我愿意成为一幅画永远的观众，希望
她从画布上走下来，仿佛走下那云彩，
那就是圣母和我们神圣的救世主——

她仪容庄重，他眼睛里闪烁着智慧——
慈祥地看着我，为荣誉和光芒所笼罩，
没有天使，只有他俩在锡安的棕榈树下。

我的愿望终于实现。我们的造物主
将你赐予了我，你呀，就是我的圣母，
那最纯洁的美丽之最纯洁的原型。

# 魔　鬼

乌云在飞驰，乌云在盘旋，
月亮就像一个隐身人，
照亮了飘飞的雪花；
天空幽暗，夜色朦胧。
我在旷野上前行，前行；
小铃铛玎玲玎玲响……
在这片神秘莫测的平原上，
不由自主感到恐怖，恐怖。

“喂，快走，车夫！……”“老爷，
不行啊，马儿走不动了；
暴风雪让我睁不开眼睛；
积雪覆盖了所有的道路；
哪怕打死它，也辨不清方向；
我们迷了路。应该怎么办？
看来是魔鬼在捉弄我们，

让我们原地不动打转。

“你瞧：它在那里玩耍，
吹刮，直向我啐唾沫，
你看，它推着发疯的马儿，
猛向那沟壑赶；
一忽儿变得出奇地高大，
直挺挺站在我面前，
一忽儿变作小小的火星，
时隐时现，没入黑暗。”

乌云在飞驰，乌云在盘旋，
月亮就像一个隐身人，
照亮了飘飞的雪花；
天空幽暗，夜色朦胧。
我们再也无力兜圈子；
突然，小铃铛不再响，
马儿停住了脚…… “那是什么？”
“谁知道呢？木桩还是狼？”

暴风雪在肆虐，暴风雪在悲号；
机敏的马儿打着响鼻；
瞧哪，魔鬼又在向前跑，

眼睛在昏暗中燃烧；
马儿继续往前走，
小铃铛玎玲玎玲响……
我看见：在白茫茫的平原上，
聚集着一大群幽灵。

数不胜数，丑陋不堪，
形形色色的魔鬼
借着昏暗的月光在旋转，
仿佛十一月的落叶……
究竟有多少啊？都往哪里赶？
那歌声为什么如此凄凉？
莫非是才把老妖埋葬？
莫非是妖女马上要出嫁？

乌云在飞驰，乌云在盘旋，
月亮就像一个隐身人，
照亮了飘飞的雪花；
天空幽暗，夜色朦胧。
一群又一群的魔鬼在飞驰，
升向无边的高空，
它们幽怨的尖叫与哀号
撕扯着我的心……

## 哀　歌

疯狂的岁月里消逝的欢乐
让我觉得沉重，仿佛骚动的醉意。
但是，对往昔时光的悲哀，如同美酒，
在我的内心越陈旧，便越强烈。
我的道路坎坷。未来如苦海，
判定我不尽的劳作和痛苦。

但我不想死，哦，朋友们；
我想活下去，思想并且痛苦；
我知道，我还会得到温存，
在痛苦、焦虑和操劳中间：
有时，我也会为和谐所陶醉，
我会把泪水抛洒在虚构之上，
而或许——在我伤感的黄昏，
爱情将以诀别的微笑照亮我。

## 答无名氏

哦，无论你是谁，只要用爱怜的歌
祝贺我在幸福中的新生，
伸出隐秘的手，把我的手紧握，
向我指明道路，递给我拐杖；
哦，无论你是谁：是灵感洋溢的老人，
或者是我青年时代遥远的同学，
或者是为缪斯秘密庇护的少年，
或者是温柔性别的羞怯天使——
我都怀着感恩的灵魂向你致谢。
我向来离群索居，受人冷落，
至今仍不习惯于同情的善意——
我是如此陌生于问候的话语。
谁若渴求人世有同情便是可笑！
冷漠的人群看待诗人，就如同
看待江湖上的卖艺人：倘若
他表现内心深沉的痛苦，

吟出受尽折磨、痛彻心扉的诗行，

以不可思议的力量去打动人心——

他们也许会鼓一鼓掌，来点儿赞扬，

有时，还会不怀好意地点一点头。

倘若歌手发生了意外的刺激，

譬如悲痛的丧亡、流放或囚禁，

“这样更好，”艺术爱好者会说道，

“这样更好！他会把新的思路和情感

奉献给我们。”可是，诗人的幸福

从来没有获得他们由衷的祝贺，

于是，幸福就只能胆怯地默不作声……

## 题《伊利亚特》的翻译

1

我听见神圣的古希腊语言沉寂已久的声音；

我羞涩的灵魂嗅到了古代伟人的幽灵。

2

格涅基奇是个独眼诗人，瞽目荷马的译者，

他的译文也只是在某一个方面接近原作。

## 劳　作

我盼望的时刻来临：我多年的劳作宣告结束。
　　为什么有一种莫名的忧伤秘密地惊扰我？
是由于我大功告成，便像一名多余的零工，
　　领取报酬以后，却无法着手另一件工作？
还是我留恋原来的劳作，那深夜沉默的旅伴，
　　这金色的曙光女神和神圣的家神的朋友？

## 皇村的雕像

少女一个失手，装水的罐子在岩石上打碎，

　　她悲伤地坐在那里，手拿毫无用处的碎片，

奇迹！从碎罐里淌出来的水流居然永不枯竭；

　　少女永远悲伤地坐在那里，面对永远的水流。

# 少　年

一名渔夫在寒冷的大海边撒下渔网，

　　儿子在帮父亲的忙。少年，别再做渔夫！

另有一些渔网在等着你，另外一些操心事：

　　你需要捕捞智慧，需要做帝王的助手。

# 聋子告聋子

聋子告聋子，上了聋法官的法庭，
聋子嚷道："他牵走了我的母牛。"
"可怜可怜，"另一个聋子大喊大叫，
"我去世的祖父就拥有这块荒地。"
法官做出判决："你们兄弟合不到一起，
谁也没有罪，都是那村姑的错。"

# 诀　别

最后一次了，我在想象中
大胆爱抚你可爱的形象，
用内心的力量激发起幻想，
满怀羞怯、忧伤的温情，
回忆着你赐予我的爱情。

我们的岁月变幻飞逝如电，
改变了一切，改变了我们，
而今，对于你那位诗人，
你给他披上了墓穴的黑暗，
那位朋友在你已永久消失。

遥远的女友啊，请你接受
我这发自内心的诀别，
就像一位丧夫的寡妇，
就像朋友，在朋友被囚禁之前，
默默地给他一个拥抱。

# 少年侍从或十五岁

这是谢鲁宾的年龄……①

我很快就要满十五岁；
我能否等到快乐的日子？
它是怎样推动我走向前！
但是，即便现在，也没有人
怀着蔑视对我瞧一眼。

我已不是小男孩——唇边
我能够捻捋自己的髭须；
我像没牙的老人一般庄重；
你们听一下我粗重的声音，
谁敢来试着碰我一碰。

① 谢鲁宾是18世纪法国剧作家博马舍的喜剧《费加罗的婚礼》中的侍从，他爱上了自己的女主人。本诗拟他的口吻写出。

我的温顺很讨夫人们欢心，
她们中间有那么一位……
她骄傲的眼神如此多情，
她脸上的表情那么忧伤，
她比我的生命更加可亲。

她冷酷，喜欢独断专行，
我本人激赏她的智慧——
但她的嫉妒是那么可怕；
而且，她傲慢地对待一切，
只有我才能和她亲近。

昨天晚上，她对我威严地
发誓：倘若我再一次
对美女们东张西望，
她就给我下毒；确实——
她的爱情就是这样！

她蔑视流言，要和我私奔，
哪怕去到荒凉的沙漠……
你们希望认识我的女神，
我那塞维利亚的伯爵夫人？
不！不论怎样我都不会招认！

## 我在这儿

我在这儿，伊涅西丽娅，
我在这儿，在你窗下。
幽暗和幻梦
正拥抱着西维里亚。

我鼓足了勇气，
带着一把吉他，
手握利剑，披着斗篷，
我在这儿，在你窗下。

你睡了吗？吉他
将把你呼唤，
如果老头儿醒来，
我就给他一剑。

快用丝带打个结，

挂上小窗口……

别再迟疑！……难道

情敌不在后头？……

我在这儿，伊涅西丽娅，

我在这儿，在你窗下。

幽暗和幻梦

正拥抱着西维里亚。

# 咒　语

哦，倘若这是真的，
当活人已经入睡，
月光从天空
滑向沉重的墓石，
哦，倘若这是真的，
安谧的墓穴空空如也——
我就呼唤幽灵，等待列伊拉：
我的朋友，到这里来，来吧！

现身吧，我钟情的幽灵，
就像你在分别之前一样，
像冬天一般苍白、冰冷，
最后的痛苦让你变形。
快来吧，就像遥远的星星，
就像空灵的声音和轻风，
或者像可怕的噩梦，

我一视同仁：来吧，来吧！

我呼唤你，并不是因为
要责怪那些人，尽管他们的
恶意杀死了我的朋友，
也不是发现了坟墓的秘密，
并不是因为我有时忍受着
怀疑的折磨……但是，相思的我
却想说：我依然爱着你，
我依然属于你，来吧，来吧！

## 不眠之夜的诗章

我难以入眠，没有灯火；
周围是黑暗与可厌的幻梦。
在我身边走动的
是时钟单调的嘀嗒声，
命运女神老妇人的絮叨，
沉睡的深夜的战栗，
生命像老鼠似的在奔跑……
你为什么要惊扰我？
你说什么呢，乏味的低语？
是对我所浪费的一天的
责备，还是抱怨？
你对我有什么要求？
你是在呼唤还是预言？
我想了解你，
我在你身上寻找意义……

## 英　雄

### 真理是什么？

友　人

是的，荣誉有很多怪癖，
像一条火舌似地自由飘荡，
在它的选定者的头顶飞旋，
今天离开了这一个头顶，
明天又在另一个头顶上消失。
愚蠢的世人总是习惯于
追踪所谓的新生事物；
可是，这被火舌燎过的额头
在我们看来是神圣之极。
在王座上，在血腥的原野上，
或者在其他的公民中间，
有着这么多的候选人，

谁最能够征服你的灵魂?

## 诗　人

　　永远是他，是他——那好战的异邦人，
他让一个个国王俯首称臣，
这一位被自由加冕的军人，
已经消逝，恰似晨曦的影子。

## 友　人

　　他像一颗神奇的明星，
什么时候征服了你的理智?
是否在那时，他屹立阿尔卑斯山上，
俯视神圣的意大利的谷地;
是否在那时，他擎起了大旗，
掌握着独裁者的权杖;
是否在那时，他将战争的火焰
神速地带给或远或近的邻邦，
于是，我们见到一连串的胜利
在他的头顶不断地飞翔;
是否在那时，这位英雄的军队
云集在金字塔的基石前，
或者是在空城莫斯科
沉默不语地迎接他的时候?

## 诗　人

不，我看到的他不是在战斗中，
不是在幸福的怀抱中，
不是在他成为恺撒的女婿时，
不是在他静坐在孤岛的礁石上，
忍受着宁静的酷刑，
人们用英雄这外号将他嘲笑，
他平静地等待死神的来临，
身上还披着那一袭战袍。
我的面前不是这样的景象！
我看见的是一长列病床，
每张床上躺着一具活尸，
他们身患致命的瘟疫，
那疾病之王；他呢，
面对这非战斗的死亡，
皱起眉头，走过每一张病床，
冷静地握紧疾病之手，
于是，濒死的人
滋生了勇气……我对天
发誓：谁面对可怕的疾病，
能以生命做起游戏，
让濒死的目光焕发神采，
我发誓：他就是天庭的友人，

不论盲目的尘世做出
怎样的判决……

**友　人**

　　　　　这是诗人的幻想，
严谨的历史学家会加以驳斥！
唉！他的声音一旦传开——
哪里还会有尘世的魅力？

**诗　人**

　　那么，真理之光就该受诅咒，
倘若这世间只有冷漠的平庸，
无厌的贪婪，对罪孽的渴盼，
热衷于此道！——哦，不，
与卑劣的真理相比较，
我更珍视高尚的谎言。
留给英雄一颗心吧；没有了心，
他会是怎样的人？一个暴君！

**友人**

你在自我安慰……

莫斯科
1830 年 9 月 29 日

## 为了遥远祖国的海岸

为了遥远祖国的海岸，
你离开了那异乡的土地；
难忘的时刻，哀愁的时刻，
我在你面前久久地哭泣。
我伸出一双冰凉的手
竭力要把你留下来，
我的呻吟在祈求着，
不要中断这可怕的离愁。

但是，你竟然移开了双唇，
中止了痛苦的亲吻；
你召唤我离开阴郁的流放，
去到另一个地方。
你说道："终有相会的一天，
在永远蔚蓝的天空下，
在橄榄树荫下，我的朋友，

爱情之吻就重新联结我们。”

唉，在那里，在那个地方，
天穹闪烁着蔚蓝的光辉，
橄榄树向水面洒下影子，
你进入了最后的梦乡。
你的美丽，你的痛苦，
彻底消失在坟墓中——
消失的还有相会的一吻……
我还在等那一吻，它却随你而去……

## 两名骑士相对着站立

两名骑士相对着站立，
面对高贵的西班牙女郎，
两人都勇敢而自由，
直视着她的眼睛。
两人都闪烁着俊朗的神采，
两人的心灵都在燃烧，
两人都在以有力的手
按紧鞘内的宝剑。

她比他们的生命更宝贵，
像荣誉一般可亲；
但她只能亲近一个——
谁能赢得女郎的芳心？
两人都在对女郎说：
“快说吧，你究竟爱谁？”
他们都满怀着年轻的希望，
直视着她的眼睛。

# 茨　冈

在安谧的黄昏时分，
在树林茂密的河岸，
帐篷下有歌声和欢笑，
露营的篝火在忽闪。

祝福你，幸福的部族！
我能辨认你的篝火；
倘若另换一个时辰，我会
和你的帐篷一起漂泊。

明天哟，一旦晨曦初露，
你们自由的踪迹将消失，
你们离去——但你们的诗人
却不能追随你们而去。

为了乡村的安乐，

为了家庭生活的宁谧，

他忘却了流浪的夜宿，

和既往欢乐的游戏。

## 灌木在喧响

灌木在喧响……一只小鹿
欢快地朝着悬崖奔跑，
在高高的峰顶，它胆怯地
俯视着脚下的森林，
俯视美丽的草地，
仰望蔚蓝的天穹
和第涅伯河的两岸，
那戴着密林冠冕的两岸。
它站在那里，美丽又安静，
掀动灵敏的耳朵……

但它战栗一下——骤然的声响
把它给惊动——它惊恐地
竖起了长颈，突然
从峰顶向下蹦跳……

## 我们有两种情感出奇地相似

我们有两种情感出奇地相似，
心灵在其中选择精神的食粮：
一种是对故乡废墟的热爱，
一种是对自家祖坟的热爱。

啊，生机蓬勃的神圣之物！
倘若大地没有了它们，便一片死寂，
这就像……荒漠，
这就像没有了诸神的祭坛。

1831

## 回　声

不论野兽在偏僻树林中的咆哮，
还是号角吹响，雷声轰鸣，
或者是少女在山坡后歌唱——
　　对于每一个声音
你都及时在旷远的空中
　　给出了回应。

你倾听着雷霆的隆隆轰鸣，
风暴的狂吼，巨浪的拍击，
还有乡村牧童的召唤——
　　你都送出了应和；
但你自己却得不到回报——
　　诗人，你就是如此！

## 皇村学校的周年庆典

皇村学校的周年庆典
越是次数频繁地举行，
人数就越少，我们这个
朋友的圈子，也愈加
难以合成一个大家庭；
节日就平添了几分悒郁，
碰杯的声音也愈加沉闷，
我们的歌声也更加凄楚。

人间的风暴就这样刮起，
意外地把我们触动，
在年轻人畅饮的宴会上，
我们常常变得伤感；
我们已经成熟；命运
判定我们生活的考验，
死神在我们中间徘徊，

逐一指定自己的牺牲品。

已经出现六个多余的空位，
六个朋友已不会再见，
他们已经长眠，天各一方——
或在本地，或在疆场，
或因疾病，或因伤心，
都被带进了阴湿的地下，
我们大家曾为之悲恸。

我觉得，马上将轮到我了，
亲爱的德尔维格在向我招手，
我活泼的青春时代的好友，
我悒郁的青春时代的好友，
我齐声合唱时的好友，
宴饮和纯洁地憧憬时的好友，
这与我们永别的天才，
进入了先辈亡灵的群体。

啊，亲爱的朋友们，更紧密地，
更紧密地围起我们的圈子，
我已为逝者唱完了悼歌，
让我们向健在者致以希望，

希望你们再一次出现
在皇村学校的盛宴之上，
再一次拥抱所有健在者，
也不要为新的牺牲而惊惶。

## 不，我并不看重狂乱的享受

不，我并不看重狂乱的享受，
那感官的愉悦，疯狂和兴奋，
年轻的荡妇的呻吟与喊叫，
她像蛇似的在我的臂弯中扭动，
以炽烈的爱抚和亲吻的热病
促使最后一阵战栗的来临！

哦，我温顺的姑娘，你更加可爱！
哦，你赐予了我无尽的幸福，
我为你倾倒，长久地向你祈求，
你委身于我，温柔而恬静，
面对我的狂喜，你羞怯而矜持，
仿佛没有回应，也不听取什么，
然后是一点一点地兴奋起来——
最后不由自主地分享了我似火的激情！

## 我们越是向前走

1

我们越是向前走——我越是心惊胆战。
一个魔鬼，蜷缩着他的魔爪，
在地狱之火旁边，把高利贷者旋转。

滚烫的脂油倒进熏黑的深槽中，
高利贷者被烈火烘烤得皮开肉绽。
我问道："请予明示：为何受此重刑?"

维吉尔告诉我："孩子，这刑罚含意深远：
这个凶恶的老头儿吝啬成性，
总是在吮吸债户们的血汗，

在你们阳间，残忍地摆布他们。”
那烈火中的罪人发出持续的哀号：
“唉，但愿我沉没在冰冷的勒忒河中！

唉，但愿冬天的雨水冷缩我的皮肤！
我愿让利百分百，不可思议的百分比！”
他噗的一声胀裂——我垂下了目光。

那时，我（哦，真奇怪！）闻到了一股怪味；
仿佛摔碎了的臭鸡蛋似的叫人恶心，
又像检疫站的看守点燃了硫黄盆。

我捂住了鼻子，扭过了脸去，
但聪明的向导还拽着我向前走，
他抓住铜环，打开了石门，

我们向下走去——我在地底看见了自己。

2

那时，我看见了黑魆魆的一窝恶魔，
远远地望去，仿佛一大群蚂蚁——
魔鬼们做着可咒的游戏在取乐：

一座玻璃山，像亚拉腊山似的尖利，
高高的山峰耸入了地狱的拱顶，
蜿蜒起伏，伸展在幽暗的平川上。

魔鬼们把一个铁球烧得通红，
用发臭的爪子把它往下面扔，
铁球滚动——山坡平滑，

嘶嘶地响着，向四处迸溅着火星，
那时，另外一伙急不可耐的魔鬼，
发出恐怖的吼叫，扑向牺牲品。

抓住了我的妻子和她的妹妹，
扒光了衣服，叫嚷着往下推，
她们缩成一团，疾速地下坠……

从她们的号叫中，我听见了绝望的激情；
玻璃切割着她们，扎进她们的肉体——
而魔鬼们兴高采烈，在那里手舞足蹈。

我远远地望去——不安而惶恐。

## 题阿巴梅列克公爵夫人[①]的纪念册

（我清晰地记得）我曾经
怀着欣喜大胆地照看过您，
那时，你是一名神奇的孩子。
而今，你已像盛开的鲜花，
我怀着虔敬对你膜拜。
在您背后，我的心灵
和眼睛不由自主地战栗，
我就像一个老奶妈，
为您和您的荣誉而骄傲。

① 阿巴梅列克公爵夫人（1816—1889），女诗人，社交界的美女。普希金曾在她幼年时见过她。

## 美人儿

她的一切都和谐，都奇妙，
一切都高于尘世和激情：
她在那里，恬静而羞怯，
焕发出端庄的美丽；
她环顾着身边的一切：
她没有对手，也没有女友；
我们苍白的美人圈子
在她的辉映下荡然无存。

无论你匆匆忙忙去哪里，
哪怕是去和恋人约会，
无论你在自己的心底
灌注了什么珍贵的幻想——
只要遇见了她，羞怯的你，
不由自主地会停住了脚步，
你会充满了敬慕，虔诚地
面对这美的圣物。

## 致——

不，不，我不该，不敢，也不能
再疯狂地沉湎于狂热的爱情，
我要严格地维持自己的安宁，
不能让心灵燃烧和沉醉；
不，我已爱够了；但为什么有时
我仍然会陷入稍纵即逝的幻想，
每当上帝那年轻、纯洁的造物
偶尔从我身旁一掠而过，随即
不见踪影……难道我已经无法
怀着忧伤的情欲去欣赏一位少女，
眼睛追随着她，并且静静地
祝福她，愿她欢乐和幸福，
衷心地她的一生享尽荣华，
灵魂欣悦，有无忧无虑的闲暇，
祝福一切——甚至祝福她选中的对象，
将可爱的少女称作妻子的那个人。

## 题纪念册

受到命运专制的迫害，
我远离了奢华的莫斯科，
我怀着一腔深情回忆
那你花一般盛开的地方。
首都的喧嚣让我不得安宁；
住在那里，我总感到忧伤，
只有对你深刻的记忆
才使我没有把莫斯科遗忘。

1833

## 倘若不是朦胧的诱惑

倘若不是朦胧的诱惑
在渴望的胸膛里滋生，
我也许会留在此地，
在寂静中享受这温存：
将忘却所有欲望的战栗，
把整个世界称作幻景——
我会一直聆听那絮语，
我会一直狂吻这一对纤足……

## 秋（断章）

有什么不曾进入我沉睡的理智？

——杰尔查文①

1

十月已经来临，——小树林已经
从光秃的枝丫上摇落最后的落叶；
秋天的寒意轻拂着，道路已经结冰，
小溪还在磨坊后面淙淙地流淌，
但池塘已经冻结；我的邻居赶紧
拿着自己的猎具，去向远方的原野，
疯狂的娱乐使秋播的耕地备受蹂躏，
猎犬的吠叫惊醒了沉睡的密林。

① 杰尔查文（1743—1816），俄罗斯诗人，古典主义文学的代表。

2

这正是我的季节：我并不喜欢春天；
我讨厌融雪天，春天的脏臭让我生病；
血液在涌动；情感和理智被忧愁所窒息。
严酷的冬天是我最满意的季节，
我喜欢它的雪；每当月亮高悬在空中，
我和女友乘着雪橇飞驰，轻快又自在，
她身穿貂皮大衣，温暖又艳丽，
她战栗地攥紧你的手，像火一样炽烈!?

3

多么快乐啊，脚底蹬上锋利的冰刀，
在镜子般平坦的凝固河面上滑行!
那么，冬天节日里那些闪光的纷扰呢?
但要适可而止；这雪呀，要下个半年，
那情景，就连狗熊这洞穴的老住客，
也终究会厌倦。我们也不能总是
和年轻的阿尔米达一起去坐雪橇，
或者躲在双层玻璃背后，在炉边生闷气。

4

唉，美丽的夏天！我或许会喜欢你，

倘若没有暑热、灰尘、蚊子和苍蝇。
你在折磨我们，扼杀我们精神的才能，
像田野一样，我们遭遇了旱灾；
只有多多饮水，才可能使自己清凉——
没有别的念头，只惋惜冬天老妈妈，
我们才用薄饼和葡萄酒把她送走，
然后又发明冷食与冰块将她悼念。

5

人们通常会诅咒晚秋的季节，
但亲爱的读者，我倒喜欢晚秋，
它闪烁的美是那么恬静，那么温顺。
这就像家中一个无人疼爱的孩子，
却博得我的欢心。我坦白向你们说，
一年四季的轮回，我只喜欢秋季，
它的好处多多；我可不是虚荣的情人，
借助任性的幻想，我在它身上有所发现。

6

怎么来解释呢？我就喜欢它，
大概，这有点像患肺病的少女
让您心生爱恋。她注定要死去，
这可怜的人儿没有怨言，没有愤怒。

在憔悴的嘴唇上还流露一丝微笑；
她并不在意坟墓的深渊张开了大嘴；
鲜艳的红晕还在她两颊上嬉戏。
今天，她还活着，明天便撒手西归。

7

悒郁的季节啊！真是令人眼花缭乱，
你那诀别之美让我感到十分惬意——
我爱你大自然色彩缤纷的凋谢，
树林披上了深红和金色的外衣，
树荫下掠过风的喧嚣和清新的气息，
而天空被一层波浪般的云雾所遮蔽，
罕见的太阳光，还有最初的寒意，
来自白发冬天那遥远的威胁。

8

每个秋天来临，我都会重新开放，
俄罗斯的寒冷有益于我的健康，
我又体验到对生活习以为常的眷恋：
一串串睡梦降临，一串串饥饿降临，
血液在心里跳荡得轻松而愉快，
欲望在翻腾——我再度幸福、年轻，
我再度充满活力——我的身体就是如此

（请原谅我这缺乏诗意的散文化句子）。

9

我吩咐牵来马儿；它摆动鬃毛，
载着骑手奔向一片辽阔的草原，
在闪亮的马蹄下，冻结的山谷
响起清脆的声音，薄冰在碎裂。
但短暂的白昼将消逝，被遗忘的
壁炉又在燃烧——时而是熊熊大火，
时而是微火——我借助炉火在阅读，
或者是咀嚼我灵魂深处久远的思想。

10

我忘却了世界——在甜蜜的静谧中，
我甜蜜地沉醉于自己的想象力，
我的心灵深处，诗歌正在苏醒：
抒情的波涛冲击着我的灵魂，
灵魂仿佛在梦中，战栗和呼唤，
它渴盼最终能够自由地呈现——
这时，朝着我走来一群无形的客人，
那是我旧时的相识，我幻想的果实。

11

于是，思绪便在脑海里肆无忌惮地鼓荡，

轻盈的韵律迎着它们在奔跑，

手指祈求着鹅毛笔，鹅毛笔祈求着稿纸，

眨眼之间——诗歌便自由地流淌出来。

仿佛一艘静止的大船，在死水上打着瞌睡，

可是，听哪——水手们突然开始忙碌，

爬高爬低，——船帆高张，鼓满了顺风；

这庞然大物劈波斩浪，开始启程。

12

它航行着。可我们究竟漂向哪里呢?

## 上帝啊，可别让我发疯

上帝啊，可别让我发疯，
不，不如给我拐杖和讨饭袋；
　　不，宁可让我操劳和挨饿。
这并不是因为我更珍视
我的理性；并不是因为
　　我不愿意和理性分离。

倘若我能够随心所欲，
我就会欢快地走进
　　幽暗的树林！
在热情的梦呓中歌唱，
在神奇和无序的幻想中，
　　我会忘乎所以。

我会出神地聆听波涛，
内心充满幸福的我

会仰望空旷的天穹；
我将变得强壮而自由，
仿佛一阵旋风，翻刨田野，
把树木折断。

那可是灾难：倘若发疯，
如同瘟疫似的令人恐慌，
立即会遭到囚禁，
人们会给傻瓜戴上镣铐，
并且，隔着铁铸的栅栏，
把你当野兽似的挑逗。

而在深夜里，我听到的
将不是夜莺嘹亮的啼啭，
也不是树林的喧响——
而是难友们的呼喊，
还有值夜看守的呵斥，
还有值夜看守的呵斥，尖叫和镣铐声。

## 那涟漪一般起伏的积雪

那涟漪一般起伏的积雪
在纯净的原野上闪着银光，
月亮照耀着，三套马车
奔驰在康庄大道上。

唱吧：在寂寞的旅行时刻，
在旅途上，在黑夜里，
豪放的歌曲多么响亮，
这乡音令我倍感亲切。

唱吧；马车夫！我默不作声，
渴盼着聆听你的歌声。
明朗的月亮闪烁着清辉，
远方风儿的号叫多么凄清。

唱吧："松明啊，小松明，
你的光亮为何如此幽微？"

## 小铃铛在叮当响

小铃铛在叮当响，
小圆鼓在咚咚响，
哦，人们啊人们，
嗳，流哩，流哩哩。
哦，人们啊人们，
正把茨冈女郎瞧。

茨冈女郎在跳舞，
一边敲击小圆鼓，
一边挥着红头巾，
在婉转地歌唱：
“我是舞女，我是歌女，
最擅长的却是算命”。

1834

## 时辰已到，我的朋友

时辰已到，我的朋友！心儿在祈求安宁——
光阴一天天飞逝，每一个钟点
都带走了一点生命，我们俩正在安排着
生活……但抬头一看——将不久于人世。
尘世间并无幸福，但存在着安宁和自由。
我早就在梦想着这令人妒羡的命运——
已经很久了，我这疲倦的奴隶，一直
期盼躲进劳作和纯净的惬意之幽居。

## 我在悲伤的风暴中日趋成熟

我在悲伤的风暴中日趋成熟，
我岁月的水流曾长久地浑浊，
如今却在一个短暂的梦中安睡，
并且反映出天空的蔚蓝。

能长久吗？……仿佛都已成过去，
阴郁风暴的岁月，痛苦诱惑的岁月。

## 我伤心地站在墓地中

我伤心地站在墓地中，
我环顾四周——是一片
死亡神圣的废墟，
和茫茫无边的草原。
有一条乡间的小路
通过这永恒的寄宿地，
路上有劳作的大车
……时而发出响声。
左右都是辽阔的平原。
没有小溪、山冈和树木。
偶尔能见到灌木丛。
沉默的石碑和坟墓，
一具具木制的十字架，
多么地单调和凄楚。

1835

## 善妒的少女在悲泣

善妒的少女在悲泣，责备着那少年；

　　少年趴伏在她肩上，突然打起了瞌睡。

少女顷刻缄口无言，抚爱他轻盈的幻梦，

　　给他一个微笑，为他静静地流泪。

# 统　帅[1]

俄国沙皇的宫殿中有一间大厅：

它既没有金饰，也没有华美的丝绒，

没有皇冠的钻石在玻璃柜中珍藏；

但是，一个目光敏锐的画家

用他那一支自由而粗大的画笔，

自上而下，画满了大厅的四壁。

这里没有乡村的林妖，没有圣母，

没有执杯的牧神，没有丰乳的女人，

没有舞蹈，没有狩猎：只有剑和斗篷，

还有充满了军人的豪迈的面孔。

画家让他们成群地集中在这里，

他们是我们民族力量的首领，

他们身披神奇的远征的光荣，

---

① 本诗献给 1812 年卫国战争初期的统帅巴克莱·德·托利（1761—1818），他的原籍为苏格兰。

烙印着1812年永恒的纪念。
我经常在他们中间缓缓地漫步，
驻足凝视着他们熟悉的面容，
我似乎听到了他们战斗的呼声。
他们大多已不在人世；另一些人，
在鲜艳画布上显得如此年轻的人，
也已衰老，并且在寂静中垂下了
戴着桂冠的头颅。
　　　　　　但在这威武的人群中，
有一人最令我敬慕。我总爱驻足
在他的跟前，满怀新的思想，
目不转睛地望着他。我望得愈久，
我的内心便涌起愈加沉重的忧伤。

　　这是一幅全身像。前额高耸，
像一块光秃的颅骨似的闪闪发亮，
似乎潜伏着无尽的忧伤。周围是浓雾；
他的身后是军营。他平静而阴郁，
他的眼神仿佛充满了蔑视的思想。
画家把他描绘成这一副模样，
或许是在表达自己的思想，
或许是迸发了不由自主的灵感——
不论怎样，都赋予了他这样的表情。

哦，不幸的领袖！你命途多舛：
你为异国的土地奉献了一切。
但粗野的群氓却看不透你的苦心，
你怀着伟大的思想，默默地独行，
曾经获得你秘密拯救的人民，
不喜欢你那个名字的异域发音，
他们大喊大叫地跟在你的身后，
对着你神圣的白发不住地辱骂。
那个智力出众的人，虽然理解你，
但为了迎合他们，也狡猾地谴责你……
而你长久地面对众人的迷误，
却拥有坚强的信念，不屈不挠；
功亏一篑，在半途上，你终于
不得不默默地交出桂冠，
交出你的权杖和深思熟虑的计划——
你孤独地隐身在士兵的行列。
在那里，老帅像年轻的士兵一样，
一听到子弹欢乐的呼啸声，
你就冲向战火，寻求期待中的死亡——
枉然啊！——
…………
…………

哦，人们！可笑可悲的劣等种族！
你们信奉短暂的功利，只知崇拜成功！
多少次啊，一个人在你们面前走过，
他受到盲目而疯狂的时代的谴责，
但他高尚的面庞在未来的子孙中间，
却使一名诗人充满了怜悯和喜悦！

# 乌　云

暴风雨残存的最后一朵乌云！
唯有你在明朗的蓝天上漂流，
唯有你投下了悒郁的影子，
唯有你使欢乐的日子平添忧愁。

不久前，你曾经包围了天空，
而闪电又可怕地把你缠绕；
于是，你发出隐秘的雷声，
于是，让干渴的大地畅饮雨水。

够了，隐退吧！时辰到了，
大地已复苏，风暴也已逝去，
微风爱抚着小小的树叶，
要把你驱除出平静的天空。

## 我又一次造访了

……我又一次造访了
这大地的一隅，我曾在这里
度过两年黯淡的流放生涯。
已经十年了，从那时至今，
我的生活有了不少变化，
我本人依循普遍的规律，
也有所改变——但在这里，
往事又活生生地把我环绕，
似乎，昨天黄昏我仍然漫步
在这片树林里。
这就是谪居的小屋，
我可怜的奶妈陪伴我在此生活。
老人儿已经不在，——我再也
听不到隔壁她沉重的脚步声，
再也没有她那频繁的细心巡视。

　　看这葱茏的山冈，我常常
静静地坐在上面——眺望
湖泊，悒郁地怀念
另一些湖岸，另一些波浪……
在金色的田野和绿色的牧场之间，
蔚蓝的湖水宽广地伸展；
一名渔夫划破人所不知的水面，
身后拖着一张陈旧的渔网，
但在湖泊倾斜的岸畔，散布着
一些村庄——在村庄的背后，
是一个歪斜的磨坊，在风中
费劲地转动着翅膀……
　　　　　　在祖辈划定的
边界线上，有一条道路
被雨水冲垮，向山上延伸，
三棵松树矗立，一棵远些，
另外两棵亲密地依偎着，
在这里，我曾经骑着马儿，
乘着月光从树边走过，
树梢上那熟悉的簌簌声
向我致意。我再一次沿着
那条道路走过，我再一次
看见它们。它们还是旧日模样，

仍然是那熟悉的簌簌声——
但在三棵树的老根附近
(那里曾经是光秃秃一片),
如今滋生出幼小的灌木丛,
绿色的小家庭;在树荫下,
灌木如同它们的孩子。而在远处,
它们悒郁的老伙伴孤立在那里,
像一名老鳏夫,而在它的四周,
依然如从前一般荒凉。
　　　　　　你们好啊,
我感到陌生的年轻一代!我无法
看到日后你们茁壮的成长,
等不及你们超越我的老相识,
看你们遮盖起它们的头颅,
挡住过路人的视线。但让我的孙子
来聆听你们友好的喧响,
他与朋友惬意地交谈后回家,
内心充满了欢乐和美妙的思想,
在黑夜里,从你们身边走过,
就会回忆起我。

# 我原本以为

我原本以为，心灵已经
忘却多愁善感的本性，
我说道：过往的一切，
已不再存在！不再存在！
欢乐消逝了，悲伤消逝了，
天真的幻想也消逝了……
可是，又面临美的强力，
这颗心又不由得战栗。

## 仿阿拉伯诗

可爱的少年，温柔的少年，
你别害羞，你永远属于我；
我们有同样骚动的火焰，
我们拥有的是同一个生命。
我并不害怕什么冷嘲热讽：
我们就像一对双胞胎，
好比是两瓣均匀的桃仁，
在同一个核桃壳内安眠。

## 哦，贫困

哦，贫困！我终于记取了
你苦涩的教诲！我为什么
会招致你的迫害，敌意的主宰，
你仇视富足，梦的刽子手？……
我富裕的时候曾经做过什么，
我已经不想在此复述：
应该在沉默中创造财富，
但对此没有什么可以饶舌。
我为了自己的思想寻找口粮，
我感到，我和我的命运
尚未完全毁灭。

1836

## 致一位艺术家

雕刻家，我快乐而悒郁地走进你的工作室：

　　你给石膏以思想，大理石服从你的旨意：

多少男神，多少女神，多少英雄啊！……这是宙斯，

　　这是萨提尔，斜眼看人，吹奏着排箫。

这是始作俑者巴克莱，这是完善者库图佐夫①。

　　那是阿波罗，那是悲伤的尼俄柏②……

我很快乐。但与此同时，我在沉默的塑像群中——

　　悒郁地散步：善良的德尔维克已经不在：

在幽暗的坟墓里，安息着艺术家的朋友和顾问。

　　否则，他会怎样拥抱你！怎样为你骄傲！

---

① 库图佐夫（1745—1813），在1812年卫国战争中接替巴克莱成为俄军统帅，击败了入侵的拿破仑军队。

② 尼俄柏，古希腊忒拜国王安菲翁的妻子，她以子女众多而自豪，嘲笑女神勒托只生了阿波罗和阿耳忒弥斯一子一女，结果受到勒托的惩罚，子女全被射死。尼俄柏悲痛过度，化成了岩石。

## 俗世的权力

伟大的庆典已经胜利完成，
十字架上神的痛苦也已结束，
那时，站在生机蓬勃的树旁
是罪女马利亚和圣洁的处女，
两个柔弱的女人，脸色苍白，
她们都陷入无可称量的悲哀。
但在神圣女性曾经站立的地方，
如今，我们看到持枪的哨兵，
仿佛在市政府的门前站岗。
请告诉我，为什么要有这哨兵？
莫非十字架也是官府的财产，
你们谨防着老鼠和盗贼？
或许是给皇中之皇撑起颜面？
或许是要用强大的护卫来拯救
那戴着蜇人的荆冠的救世主，
那谦卑地以自己的血肉

去忍受皮鞭、铁钉和长矛的基督？

或许是为了防范群氓，以免

他们亵渎那为亚当的后人赎罪的人，

或许是为了阻挡普通的老百姓，

不让闲逛的老爷们感到拥挤？

## 我徒然逃到锡安山的峰顶

我徒然逃到锡安山的峰顶，
贪婪的罪孽对我紧追不舍……
正如饥饿的狮子把肮脏的鼻孔
插进流沙，寻觅小鹿奔跑的幽香。

# 隐居的神父和贞洁的修女

隐居的神父和贞洁的修女，
为了让心灵飞向世外的桃源，
在尘世风暴和战斗中锤炼心灵，
他们进行了许多虔诚的祈祷；
可是，这所有的祈祷没有一篇
能够如此打动我的内心，
在盛大的斋戒日惆怅的日子里；
一位神父的祷词来到我的嘴唇，
以不可见的力量锤炼我这堕落者：
我岁月的主宰！请让我远离
慵倦的精神，连篇的废话，
像潜伏的毒蛇似的对权力的热衷。
哦，上帝，让我看清自己的罪孽，
让我的兄弟别受到我的审判，
温顺、忍耐、爱情和纯洁的精神，
在我的心底激发了无限的活力。

## 我若有所思地徘徊在郊外

我若有所思地徘徊在郊外，
偶然之中走进公共墓地，
栅栏，小柱子，漂亮的坟墓，
下面正腐烂着首都的尸体，
死去的商人和官吏的陵墓
在沼泽地里拥挤地排列，
廉价的雕刻匠荒谬的风格，
仿佛乞丐餐桌旁贪婪的食客，
墓碑上有散文和诗歌的题词，
讲述着美德、职务和官衔；
寡妇为绿帽子丈夫多情地痛哭；
小偷从柱子上盗走骨灰瓮，
滑溜的墓穴张开了大嘴，
等待着清早就有房客入住，
这一切令我思绪万千，
一股沉重的忧伤向我袭来。

啐上一口，赶快跑开……

但我多么喜欢

这秋天的时光，在黄昏的寂静中，
在乡间拜谒祖宗的墓地，
逝者在庄严的静谧中安息。
那不加修饰的坟墓衬托出空旷；
夜间也没有委琐的小偷光顾；
古老的墓石爬满了黄色苔藓，
乡民们经过此地会叹息和祈祷；
没有小巧的金字塔和奢华的骨灰瓮，
也没有掉鼻子的精灵和残缺的美神，
一棵橡树庇荫着肃穆的墓群，
摇曳着，簌簌响着……

## 黄金与宝剑

黄金说道："一切属于我。"

宝剑说道："一切属于我。"

黄金又说道："我购买一切。"

宝剑接着说："我夺取一切。"

# 为什么我对她神魂颠倒

为什么我对她神魂颠倒?
为什么我必须要和她分手?
我多么希望能有一天
我不再被茨冈式生活宠爱。

她看你的眼神是那么温柔,
她的悄声絮语是如此随意,
她的快乐多么含蓄微妙,
她的眼睛充满了柔情,
昨天晚上,她别有用心地
从铺着台布的桌子下
向我伸来一只秀足。

## 哦，不，我并不厌倦生活

哦，不，我并不厌倦生活，
我热爱生活，我渴望生活，
虽然青春已经一去不返，
但灵魂并不曾完全冷却。
我仍然保持着温存的感受，
为了我十足的好奇心，
为了想象中亲切的幻梦，
为了所有的……感情。

# 我为自己建起一座非人工的纪念碑

我竖起一座纪念碑[①]。

我为自己建起一座非人工的纪念碑，
人们通向那里的小路不会荒芜，
它高高地昂起不屈的头颅，
　　高过亚历山大的大圆柱。

不，我不会彻底死去——在秘藏的竖琴中，
我灵魂不朽，将比我的骨灰活得更长，
只要这世界上还有一位诗人在歌唱，
　　我的名声将得到传扬。

我的名字将传遍整个伟大的俄罗斯，
她的每一种语言都会念叨我的名字，

① 原文为拉丁语，引自古罗马诗人贺拉斯的颂诗《致墨尔波墨涅》。

无论是骄傲的斯拉夫子孙，还是芬兰人，

　　野蛮的通古斯人，卡尔梅克草原的朋友。

我将长久地受到人民的爱戴，

因为我在残酷的时代歌颂过自由，

曾经用竖琴唤醒了美好的情感，

　　并呼吁对逝者给予宽宥。

哦，缪斯，请遵从上帝的旨意，

不要惧怕屈辱，也不要渴求桂冠，

心平气和地对待诽谤和赞美，

　　不要去理睬那帮笨蛋。